サマセット・モームを愉しむ

海宝明 著

音羽書房鶴見書店

目次

推薦序文

本書を力強く推薦します

行方　昭夫

日本モーム協会の仲間として、人柄も学識も尊敬している年下の友人、海宝明氏が、モームの人と作品についての本を出される由、快挙ですので、大歓迎いたします。謙虚な海宝氏は、自分は研究者でなく一介のモーム愛好家に過ぎない、などといわれますが、いわゆる英文学者としての守備範囲内にとどまり続けている研究者にまさるモームの読み方が可能な稀有な人です。

我が国の文学研究者がモームについて、似たり寄ったりのことを述べるのは、モーム自身が自作の序文や、インタビューや、とりわけ自伝的なエッセイ『サミングアップ』において、自分の人間・人生・文学についての見解を鮮明に発表しているからだ、と看破したのは私の恩師、上田勤氏でした。これは日本のみならず英米のモームの伝記、研究書についても言いうることです。日本でのモーム紹介の最大の功労者である中野好夫氏は、その名訳『月と六ペンス』の解説で「かかる通俗性の皮を一枚々々剝いで行った後に、モームの場合、果たしてラッキョウの皮を剝ぐように何一つとして残らないであろうか。……私見によれば、モームの作品は一切の通俗性という皮を剝ぎとってしまった最後に、人間の不可解性という、常に最後の核にぶつかるのである。……いわば永遠の謎なるものとして人間の魂を描くこと、これが彼が一生を通じて歌いつづけている唯一の主題であるといってよい」と述べています。モーム文学の解説として、これほど見事なものはありません。モームの通俗性を批判する人への反論としてこれほど有効なものはありません。しかし極めて独創的な見解かと言えば、この翻訳と解説が中央公論社から出版された一九四〇年の二年前に出た『サミングアップ』の影響下で中野氏が書いたと認めざるをえません。何と、超一流の中野氏までがモームの策略にはまったのです。

モームは自分がどう評価され、どう読まれたいかを意識し、世の研究者、翻訳者、批評家、一般読者を操り、導いたと思われます。とりわけ、自分の同性愛を隠すことに心を砕きました。人物であれ作品であれ、モーム自身で解説してしまい、他人の解説を不要とする、あるいは、それを妨げるのです。私自身、『モーム語録』を作成した時の経験でも、モームの箴言は、「この意味は恐らくこうであろう」というような編者の介入を要さぬものばかりであると認識しました。話が逸れるようですけど、朝日新聞朝刊一面の鷲田清一氏の「折々のことば」にモームが一度も登場しない理由も、氏に尋ねたわけではないが、そこにあるようです。引用された短文だけでは意味が不明で、鷲田氏の説明でようやく納得する場合が多いのですから、モームだと鷲田氏の出番がなくなるのです。

　上田勤氏は、自作の評伝『モーム』について、何とかモーム自身が公にしていない視点から論じたいと願い、「劣等感」という観点から論じようと試みたのですが、挫折してしまいました。仕方なく、モームの言ったことを適当に編集し、ところどころに自分の考えを織り込むという平凡な書き方に変えたそうです。序文で「本書は筆者の『敗北の書』である」と告白しています。一九五六年のことです。

　モーム研究者とされている私自身の場合を考えてみても、二十世紀後半には何冊ものモームの伝記、評伝、研究書が刊行され、中野好夫、上田勤、朱牟田夏雄（中野、上田両氏の親友であり、モーム観も共通している私の恩師）などの先輩諸氏の触れられなかった新しい資料を活用できたお陰で、多少ともモーム研究を進展させることが出来ただけのようです。私もモームの策略に捕らえられたままです。例えて言えば、『西遊記』で釈迦如来の手のひらから飛び出したつもりの孫悟空が、最果ての天の柱に到着したと思ったものの、実は如来の指に過ぎなかったように、私の研究や見解はモームの手のひらから出ていない気がしてなりません。

　その点、海宝氏は、これまでの中野、上田、朱牟田から始まりその弟子筋の私にいたるまでの研究者を越えているのです。英文学者でないからこその新機軸を特長としているのです。読者自身でそのことを発見なされるはずですので、今はほんの少しだけ実例を指摘します。短編

「人間的要素」のヒロインと運転手の関係に、モームとハクストンとのそれを重ね合わせたのは初めてです。私も含めて、大方の研究者は、カラザースの描写にイギリスの知的階級への皮肉を読むだけです。もう一つ、どう読むべきか分からず批評家を悩ませる短編「書物袋」について、「異常愛」への擁護あるいはシンパシーが主題だと主張しています。

一般論として、文学についての従来にない新しい解釈というものは、あまり歓迎されず、等閑視されるのが普通です。主張する者の作者についての勉強不足や、作品のいい加減な読み方の結果である場合が多いからです。その点、海宝氏の論考はインテリ読者を納得させます。それは氏のこれまでの人生の歩みから生じたものでしょう。学生時代の氏は、東京大学文学部西洋史学科で、堀米庸三名誉教授が収集された中世社会史に関するフランス語の貴重な文献を活用して卒業論文を書き、その後大学院には進学せず、三和銀行に入社し国内の銀行業務をし、一九九〇年にベルギーのブラッセル支店に配属され、学生時代のヨーロッパへの関心が復活しました。家族とともに、同地で数年暮らして帰国。その後、「銀行マンの見たヨーロッパ」という副題の『白夢国覚書』という本を執筆刊行しました。仕事や日常生活でのベルギー人との接触を描いた比較文化論として読みごたえがあります。いくつかのエピソードや、数名のベルギー男女のスケッチは著者のなみなみならぬ物書きとしての才能を示しています。

本書はモームの人物について慎重な調査の上、作品を細部にいたるまで綿密に読み、十分な思考することによる見解を、『白夢国覚書』などの執筆で鍛えたリーダブルな文章で纏めた良質の著書です。これまでに内外で発表されたモーム論に多く接してきた私が、久しぶりに開眼の気分を味わって楽しく読んでおり、本書を多くの読者も楽しまれるように願います。

（日本モーム協会会長、東京大学名誉教授）

第一章

自分流のモーム理解ということ

サマセット・モームはどのような作家だったのだろうか。実によく読まれたし、〝二十世紀前半を代表する小説家〞と称されることも稀ではなかった。個人全集も刊行され一九六〇年ごろの人気のピーク時においては、まだ存命にして、日本における評判はシェイクスピアやゲーテと並び称されるほどだったと聞く。その後、一時下火になったとは言うものの、今世紀に入って新訳も次々に出てきており、今なお読み継がれていると言ってよいだろう。

私自身のモーム読書歴について言えば、主に中年以降、翻訳に加えて折々にペーパーバックで原文に触れ、その面白さに魅かれていったといういきさつになる。もともと英国小説をオリジナルで読んでみようといくつかの作家に当たってみたのがその始まりであるが、途中で挫折したり放り投げたりすることもある中で、モームについては最後まで読みとおすことができた。その理由の一つは原文が難解すぎるということはなく、明晰でもあり、とにかく読めるということにある。もちろんそれ以上に何よりも惹きつけられて読ませる力があるからなのは言うまでもない。本人も自負しているように、モームは物語を紡ぎだすことにまことに長けている作家である。起承転結がはっきりしており、筋の運びから、最後の結末まで読者を引き込む面白さに満ちている。それに加えて、私にとってのもうひとつの魅力は小説の舞台と登場人物の幅広さということにあった。モームは世界中を実によく旅した作家であり、作品の舞台はイギリス本国にとどまらず、フランス・スペイン・イタリアといった西欧、あるいはアメリカ・ロシア、さらには東南アジアにまたがり、そこに寄寓する欧州人のさまざまな断面を描きつくしていると思う。言うなればモームは私にとってはコスモポリタン的色彩を持つ英国作家として、若いころからあこがれたヨーロッパの匂いをたっぷりと感じさせてくれたのである。

そのような過程を経つつ、一人で読んでいるだけでは少々飽き足らなくなって、数年前にモーム愛好者の集まりである日本モーム協会に入会してみたところ、そこには小説が好きだというだけにとどまらず、劇の脚本をみずから翻訳してネット掲載されている方、映画化されたモーム作品の考察に取り組まれる方、モームにまつわるコレクションに熱心な方、あるいはモーム邸であった南仏のカップ・フェラを訪問された人など、モームへの接し方がさまざまであることに驚かされた。そうした多様なアプローチに影響されたこともあり、自分でもあらためて小説を読み返したり、初めてモーム劇を観たりしているうちに、モームの魅力とは何だろうかと再考するようになってきた。そして作品もさることながら、モームその人の生涯にも興味を抱き、モームの歩みと生み出された作品との関係、あるいは彼が過ごした時代環境がどのように作品に反映されているかといったところにも関心を抱くようになった。それは小説の読み方としては派生的なものかもしれないが、いろいろ愉しみ方はあると思うし、どうもモームという人はそれに値するようだ。そもそもモーム本人は読者を楽しませるために書いたと常々述べており、読者側もさまざまな面白がり方をしてよいのではないかとも思う。

以降ひとつひとつの作品を採り上げる前置きとして、モームらしさとは何かということについて思うことを述べてみたい。

モームは巧みな物語性の中に、常に人間はどういうものかというテーマを込め続けてきた。そのことを的確に指摘しているのはモームの紹介者であった中野好夫の次の言葉であろう。

「モームの作品は一切の通俗性の皮を剥ぎとってしまった最後に、人間の不可解性という、常に最後の核にぶつかる。」

この人間の不可解性とは言い換えれば〝首尾一貫性のなさ〟ということであった。このことについてはモーム自身いろいろな場面で語っている。有名な一節としては次のようなものだろう。

「私は皮肉屋だと言われてきた。人間を実際より悪者に描いていると非難されてきた。そんなことをしたつもりはない。私のしてきたのは、多くの作家が目を閉ざしているような人間の性質のいくつかを、際立たせただけである。人間を観察して私が最も感銘を受けたのは、首尾一貫性の欠如していることである。首尾一貫している人など私は一度も見たことが無い。」（サミング・アップ　一七章）

もうひとつ挙げれば

「当時の僕は、人間というものはもっと首尾一貫していると考えていたのだ。だからあんなに愛らしい女性の中に、あれほど激しい憎悪が存在するのを知って、心が痛んだ。一人の人間を構成している諸要素がこれほど混然としているとは気づいてなかった。今なら、同じ人間の中に、卑小さと偉大さ、意地悪と親切、憎悪と愛情が混然と同居しているのが、よくわかっている。」（月と六ペンス　一五章）

この主題は短編・長編とりまぜてモーム小説のほぼすべてに及んでいると言えるし、短編ならば「雨」などはその代表的な作品とも言える。また、第二章の中で取り上げてみた「手紙」

も一人の女性にまつわる事件を通じ、人間の二重人格性を浮き彫りにして劣らない傑作であろう。こうした主題を踏まえながら巧みな人物描写と心理表現とを織りなすのがモーム作品である。時代は変わり、生活スタイルや文明観も変わってゆく。したがって、話のプロットだけでは読者を惹きつけなくなる小説が数多ある中で、モームが生き続けている理由は第一にこの点にあると言えるのではないか。

さて、以上のような本質論についてはある意味先達に述べ尽くされており、私があらためて敷衍することでもないが、そのうえで、小説を読んでいて〝作風〟も含めて個人的に面白いと思ったことがいくつかある。

その一つは、作品には筋を展開してゆくなかにしばしばエッセイ風の記述がよく織り込まれている、あるいは冒頭がエッセイ風に始まり、作家の身辺雑記や折々の想いを綴りながら、いつの間にか本当の物語に誘導されてゆくというスタイルにある。別の言い方をすれば、本筋の流れの中に、先ほどの人間観をはじめ、世事についての警句めいたおしゃべり、文壇に対する批評的言辞といったものがつど顔を出すのである。

例をいくつか挙げると、ファンには有名で、大学入試や予備校の英語テキストでもよく採用されていた『お菓子とビール』の書き出しは次のようなものである。

I have noticed that when someone asks for you on the telephone and, when finding you out, leaves a message begging you to call him up the moment you come in, and as it's important, the matter is more often important to him than to you. When it comes to making you a present or doing you a favour most people are able to hold their impatience within reasonable bounds.

誰かが自分の留守の時に電話をしてきて、大事な話なので戻り次第折り返しの電話をしてほしいという伝言があるときは、大事なのはこちらよりも相手にとってのことが多いものだ。プレゼントを渡そうとか親切にしてあげようとか言う場合だと、大概の人はあまり焦らないようだ。

この出だしは皮肉を効かせたいかにも大人のエッセイという印象であるが、電話を掛けてきた相手のことをどう思っているかも含めて小説の流れに通じる伏線のようでもある。

さらにもう一つ二つ挙げると『かみそりの刃』の書き出しであるが

I have never begun a novel with more misgiving. If I call it a novel it is only because I don't know what else to call it. I have little story to tell and I end neither with a death nor a marriage.

こんなに不安を抱えて書き始めた小説は他にない。これを小説と呼ぶとすれば、それは単になんとほかに称していいか分からなかったからなのだ。語るべき話らしい話もなければ、締めくくりに人の死や結婚話があるわけでもないのだ。

こんなスタイルで冒頭から始めた作家がほかにあるであろうか。なんだか一種の弁解からスタートしているともいえるが、その自在さといったら取りつくしまがないほどユニークだと感じないだろうか。

また、次の同じ『かみそりの刃』の第六章冒頭部分はとてもフィクションの一部分とは思えないくらいだ。

I feel it right to warn the reader that he can very well skip this chapter without losing the thread of such story as I have to tell, since for the most part nothing more than the account of a conversation that I had with Larry. I should add, however, that except for this conversation I should perhaps not have thought it worth while to write this book.

ここで読者のみなさんにお断りしたいのだが、筋の流れを追うだけであるならば、この章は読まずに飛ばしてしまっても差支えないと申し上げておこう。というのもこの章にかかれているのは大部分が私とラリーの交わした会話の記録にすぎないからだ。ただ付け加えたいのだが、この対話が無かったとしたら、たぶん私はこの本を書く気にはならなかっただろう。

二、三の例を挙げたが、このように小説のなかにエッセイ的なものや独白めいた一節を織り込むという語り口の作家はあまりいないような気がする。唯一、自分が連想するのは司馬遼太郎である。司馬の歴史小説では波乱万丈のストーリーの中に突然冷静な数行の〝司馬史観〟が現れたりしてほかの時代小説作家と一線を画していると思ったことがあるが、そのテイストは全く異なるものの、モームの場合は非常に頻度が高いと思う。言い換えればモーム小説はフィクションとエッセイの融合みたいなところがあり、その下重ねの上に本筋となるストーリーを走らせていると感じる。また、小説全体の中からそのエッセイ的部分だけ抜き出してもモームならではの世界観や人間観を堪能することができる。事実行方昭夫先生は『モーム語録』として幅広な著述の中からそうしたエッセイ部分を抽出して一冊にされているのである。

　もうひとつモームを読んでいて思ったことを挙げると、ずいぶん一人称小説が多いということであった。

　一人称つまり“I”＝〝わたし〟が語り手となる作品は、長編小説では『月と六ペンス』『お菓子とビール』『かみそりの刃』といった代表作群がそうであるし、短編小説にも数多い。さらに言えば六つの作品をまとめた短編小説集ではその表題も *First Person Singular*『一人称単数』という名が冠せられているものすらある。最初はこの短編集を知ったとき、またずいぶん変わった題名のつけ方だなと感じたのだが、改めて考えればどうもそこにはモームの意図的なこだわりがありそうだと思うようになった。そして、第一人称群を一つのジャンルとしてみなせば、長短編取り混ぜてそこには傑作が多いとも思う。もちろん一人称が登場しないものでも優れた作品は数多あるものの、どうも一人称と出来上がりはモームにとっては相性がよさそうである。これはどう理解したらいいのだろう。

　言うまでもなく一人称小説はモームの専売特許でもないし、他にも目にすることがある。(1) しかし、モームの場合には明らかな特徴がある。というのは一般論として、フィクションにおいて「わたし」あるいは「僕」が語り手となる場合、その一人称はその小説の執筆者を指すとは限らない。「わたし」あるいは「僕」はそこに登場する主人公として綴られる場合もあるのだが、そうなれば自らの体験を直接語るというスタイルにより、物語の臨場感を高める効果がある。さらにその主人公は日常のありふれた行為にとどまらず、まさしく非現実的な冒険に出かけたりしてもかまわない。たとえば「わたし」が思いもかけぬ運命のいたずらにより未開の孤島を探検したり、宇宙の果てに飛行して行ったりしてもいいわけである。「わたし」の血沸き肉躍る物語世界に読者も没入するだろう。フィクションだからそういうものだ。

ところがモームの場合、〝わたし〟というのは物語の語り手ではあるが、あくまで傍観者あるいは観察者としての立場に立つ（ただし『お菓子とビール』については自伝的要素を含んでおり傍観者とは言えないが）もので、しかも作家であることを示しつつ、誰に対してもモーム本人であると思わせるというものだ。もっともモームという名前は私の知る限り『かみそりの刃』にただ一か所出てくるのを除けば登場せず、アシェンデンという名を使ったりしているのだが、読者はみなモーム本人であることを疑いはせずに読み進めるだろう。こんな構成をたびたび使って物語を紡ぎだす作家は他にあまり自分には思い当たらない。

そのような語り口の場合の効果をひとつ挙げれば、〝わたし〟は主人公とは別人で、主人公のすべてが分かるわけではないという立場ゆえ、知られざる部分は読者の想像に委ねることとなり、物語にかえって深みとか膨らみを感じさせることもできるだろう。たとえば主人公が

『月と六ペンス』のストリックランドのように、その妻子を突然捨てて絵描きになるという常識では測れない奇矯な行動をとる場合においても、語り手の接しなかった空白期間のあいだに何が起きたのか読者は真相についてはみずから想像するしかない。これはひとつの創作の技法でもあろう。

しかしモームの場合、より重要な点だと自分が思うのは、いま述べたように〝わたし〟とほかの登場人物は当然別人だという前提で物語は構成されるのだが、途中まではそう思って読み進めるにしても、果たして本当にそうだろうかということが時々感じられるということであった。結局、自分としての結論を言えばモームは時として自身の体験や思いを込めるとき、モーム自身のことだと悟られないようにあえて〝わたし〟をわざわざ別に作り出して、物語の中に溶け込ませている自己を巧妙に消し去っているのではないかと思うのである。いくつかの短編においてもそうした匂いが感じられることがあり、次章以下において取り上げてみたところだ。また、意味合いはやや異なるが、長編においてそのことを感じたのは『かみそりの刃』の主人公ラリーの場合である。ここでもモームは本人として登場し、ラリーの遍歴について語り部的役割を果たしている。しかし、この小説を読んだ方には伺いたいのだが、このラリーなる主人公のような人物が少しでも実在する可能性があると思われるだろうか。第一、ラリーにはモームがそれまでずっと描いてきたような多面的な人格が全く欠けている。彼は動機的には大戦における一戦友の死を契機として、美しい婚約者の求めにも応じることなく、ひたすら俗世界から目を背け、死と生、善と悪といった人間性根源の問題を追及して世界を放浪してゆくのだが、逆に平板に見えて生命を持った生身の人という印象は極めて希薄である。逆にこのラリーとはモームの中の生涯にわたり真善美を追及する魂の部分だけを抽出した創造物のように私には思われるのだ。そして先に触れたところの、飛ばし読みをしても一向に構わないがここは大事なところだとわざわざ注釈をつけた第六章部分は、一応対話を装ってはいるがモームの内面におけるラリー的部分の独白ではないか。

反対にこの小説の中で極めて人間らしい描かれ方をするのはラリーの叔父にあたるエリオット・テンプルトンである。彼は一面絵にかいたような俗物で、半世紀にわたり上流社会を渡り歩き、いわば社交界だけが生きがいとなっているような人物である。そして死の床にあっても次に開かれる華やかなパーティの招待状が届かないことを恐ろしく気に病む。その姿は読んでいても滑稽感を通り越して鬼気迫るものすら感じるし、最後の最後まで俗世間にしがみつくことができるのがむしろうらやましく思うほどである。このエリオットにはモデルがあってもおかしくない人格造形だとは思うが、私には俗物であることを隠さなかったモーム自身のラリー部分を自ら取り去った半身から絞り出されたような人間にも見えてしまう。その当否はそれぞれ判断すればよいことであるが、自分には二人の人物像が鮮やかなまでに対比的で、七十歳になったモームがいわば開き直ったように自己のそれぞれの面をさらけだしているようにも感じるのである。冒頭の「話らしい話がなく」そして「ほかに呼びようがないから小説と呼ぶ」『かみそりの刃』は本人が含みを持たせたようにストーリー・テラーの立場を捨てた内面小説と受け止めるべきかもしれない。

ところでモームが自己について語ったところでは次のようなものがある。

「個々の人間と人間の間に大きな相違はないのだ。誰も彼も、偉大さと卑小さ、美徳と悪徳、高貴さと下劣さのごたまぜである。（中略）私自身について言えば、大多数の人より良くも悪くもない人間と心得ているのだが、もし生涯でなしたすべての行為と、心に浮かんだすべての想念とを書き記したとすれば、世間は私を邪悪な怪物だと思うことだろう。」

（サミング・アップ　一六章）

この言葉は誰しもおのれの身をかえりみれば心に刺さるかもしれないが、それも踏まえてあらためていま思うのは、モームは皮肉な目で他者の矛盾した振る舞いを描き続けてきたように見られがちであったが、実際には彼は常に同一の目線で自分自身の不可解性を反芻しながら、人間というものについて思いを巡らしてきた人ではなかったかということである。決して冷めた目であるいは高みに立って他者を見下ろしていたのではなく、人間の持つ複雑性を描いたのも常に自分のそれを重ね合わせてきたことが背景となっているのではないか。小説中にエッセイを挿入しながら私見を織りまぜたり、〝わたし〟を多用したりするのも、そうした自己を見つめる意識に根差していると考えられないこともない。その流れの中で、ほかならぬモーム自身の「生涯でなしたすべての行為と、心に浮かんだすべての想念」のエッセンスは実は気付かれることのないよう用意周到に、あたかも他者のよそおいをとりつつ一部の作品群の中に昇華されてきたのではないだろうか。その核となるのは人に知られてはならない同性愛コンプレックスだったと見ても良いだろうし、それに加えて孤独感や不遇感、兄弟の確執、妻シリーとの不和といった青年期から壮年期に至るさまざまな苦悩や不安、他人にはうち明かすことのない内面の葛藤であったと思う。面白すぎる通俗性の中に潜むもの、それが人間の不可解性であると喝破した先の中野好夫の言葉を反芻しつつ、まだまだモームには隠された部分を掘り下げてゆく魅力がありそうだ。

第二章以下は、そうした思いを抱きながら、自分にとりわけ響いた作品、あるいは作品から見るモームの生きた時代の背景などについて述べてみたものである。もとより賛否は当然のこととして、読みすぎや的外れもあるのかもしれないが、一人の作家を通じて多様な愉しみ方ができるのはそうざらにはなくて、そこにモームの現代的価値があるといえばそれは言い過ぎになるであろうか。

第二章

短編小説の探検

一 "The Human Element"「人間的要素」

"The Human Element"「人間的要素」は短編集 *First Person Singular*『一人称単数』(一九三一年) に収められた六篇の中の一つで初出は一九三〇年である。題名の通り、この短編群はいずれもモーム本人を指すとだれもが思う"I"=〝わたし〟が筋書きを語る形式であり、モームの語り口や見解を読者に効果的に伝える仕掛けになっている。"I"の効用についてはあとで触れたいと思うが、"The Human Element"においてはそうした体裁をとったうえで、二つの内容が組み合わされた構成となっている。ストーリー要旨は次のとおりである。

わたし(作家=モーム)はローマ滞在中ホテルロビーで自分に会釈する人物に出会った。最初はだれか分からずとまどったが、やっと、以前から面識のあったカラザースというオックスフォード出身の外交官であったことを思い出した。彼は現イタリア駐在大使館に地位を得ているが、一方作家としても二冊ほど高踏的な作品を出して評判をとっていた人間であった。カラザースはわたしにコーヒーを一緒にどうかと持ちかける。しかし、自分とカラザースは気も合わず、文芸上の立場からもお互い相手を全く評価していない関係だったのでこの申し出は意外であった。

向かい合ったカラザースはとりとめのない話をはじめてなかなかやめず、こちらが訝しんでいると、突然、極めて打ちひしがれた様子で失恋の告白を始めた。その相手というのは、十数年前、評判の美女であり社交界の花形としていつも新聞紙面を飾った公爵令嬢ベティーであった。わたしも彼女とは何回かあっており、きわめて聡明な上にはち切れるような若さと奔放さを兼ね備えていたことを覚えている。その彼女にカラザースは、何回も求婚を繰り返したが結局受け入れられなかった。その後ベティーは、望めばロイヤルファミリーの一員にもなれただろうに、突然凡庸でありしかも新興貴族にすぎない従男爵の息子との結婚を発表し、社交界からも遠ざかる。だがその結婚はうまくゆかなかったと見えて、別居してさらに流産したとのうわさも流れた末、夫は酒びたりになり健康を害して死去した。そしてベティーは数年前から地中海のロードス島に豪壮なヴィラを得て、そこでイギリス社交界からは隔絶した生活を送っているとのことである。

カラザースは結婚後もベティーとの文通は続けており、今に至るまで思慕はやまず、ロードス島を訪れたいと告げると彼女から好意的な返事が来て胸躍らせて向かう。港で待っていたのは運転手のアルバートというイギリス人であった。紳士階級の発音でもないし、それなのに運転手らしい制服も来ておらず、会話中自分に対しsirの敬称もつけない。カラザースは訝しむが、好意を示すために主人の乗る後部座席ではなく運転席の隣に乗ってヴィラに到着する。どこかで見た顔だと思ったがあとでアルバートはむかしベティーが寄寓していた叔母の館の従僕だと分かった。

出迎えたベティーは三十六歳になっていたが美しさに変わりはない上に、成熟した魅力も加わり、執事や使用人に囲まれて上流貴族にふさわしい生活を送っていた。カラザースはベティーの案内で中世遺跡を含む島のあちこちを巡り、食事を重ねながら、最近のロンドン状況を話して、かつてのイギリス上流社会を懐かしむ気持ちに誘導する。それがうまくいっていると感じた彼は滞在中にタイミングを見てあらためて求婚する決意であった。今や彼はふさわしい地位もあれば作家として高い評価もある。しかし、訝しむことがいくつかあった。ベティーの私室にはタバコパイプが置いてあったり、別邸の居室にはスポーツ新聞があったり何かそぐわない。

滞在も終わりに近づいたころ、深夜に眠れず海岸で水浴びをしようかと浜に降りたとき、月明かりに全裸で海から上がってきた女性が映った。それはベティーだった。そして「私のタオルは？」というと腰にタオルを巻いただけの男〜アルバートが現れ、彼女をふいてバスローブを着せてやる光景が稲妻のような衝撃となってカラザースを襲った。それは明らかに、一時の衝動や気まぐれで無く、長年連れ添った夫婦の関係であることをありありと示していた。カラザースはすべてを悟った。十年かそれ以上もベティーは年下の下僕と自分から誘って関係を結び、果てはその子を流産し、それを疑った夫は酒におぼれて死んだのだ。“Oh, shameless, shameless!”「何と、何という恥知らず！」。労働者階級の男を相手に堕落の極みを尽くすとは。

ショックのあまりカラザースは逃げ帰って翌朝の食事もとれない。

しかし思い直す。もはや彼女には「嫌悪」しか感じないが、この「堕落」からは救わねばならないと。崇高な気持ちになった自分に言い聞かせ、あらためて二人で帰国前に食事をしたいと話し、求婚する決意を固める。その最後の晩に向き合って話を切り出そうとするカラザースにベティーは何も言わない方がいいわと述べる。それでも食い下がって結婚を懇願するカラザースに、明日はお会いできないと言って去る。

翌朝、カラザースを港に送る運転手のアルバートに対し、後ろに置かれた荷物を前に置くように指示し、自分は後部座席に乗る。そして別れ際にチップだと五ポンド紙幣を渡す。アルバートは思わず“Thank you, sir”と答える。男にsirと呼ばせたことで、ベティーに思い切り侮辱を浴びせた気分と、苦い満足をカラザースは覚えたのだった。

話を聞き終えたわたしは、多分ベティーは同じ階級の男では味わえない解放感を抱いたのだろうと指摘する。そのようなばかなことは信じられない、しかしもう終わりだとうちひしがれるカラザースに、わたしはそれを小説にしたらどうかと提案する。カラザースは一瞬考えた後、首を振り、そんなことはできない。自分には自尊心もある。それにそこには何の話もないのだと答えたのであった。

冒頭のべたようにこの作品は二つの要素から構成されており、第一は紳士階級のエリート外交官が抱く公爵令嬢美女ベティーに対する思慕とその結末までのいきさつであり、もう一つは失恋話の聞き手である流行作家〝わたし〟と高尚な二作品を発表したことのある〝作家〟カラザースとのやりとりである。

第一の部分は、ベティーの謎めいた生活を巡ってミステリー的な仕立てともなっており、読者を引き付けるモームの力量はさすがと思うが、ストーリーの面白さはカラザースの言動や気持ちの変化の部分にありそこに焦点を当ててみたい。

カラザースはオックスフォード出身、そしてエリート意識・階級意識にきわめて順応している人間である。彼は十数年前からベティーに思慕してきたがそれは紳士としてのたしなみに沿ったふるまいであり、過去の求婚もその流れによるものだった。突然、ベティーの結婚が発表され、その相手が彼女の出自からみればだいぶ格下のかつ凡庸な人間とわかると翻意をするよう試みるが、それでも相手がイートン校出身の同窓生であり、ベティーの意思がはっきりしていたので失意はするが許容できないことではなかった。そして、その後もベティーとの文通は続け思慕の気持ちは変わらない。

それに反して、ベティーの本当の姿を見たときの彼の衝撃はたとえようもなく大きいものだった。“Oh, shameless, shameless!”「何という、何という恥知らず！」[1] (p. 424) という彼の叫びはその由来するところの価値観をあまさず示している。Shameless（恥しらず）や degradation（堕落）という表現は彼女の長年の密通や妊娠だけでなくその相手が階級の異なる存在であるところに根本的な由来がある。彼にとって労働者階級とは本来使用人対被使用人以上の関係などあり得ないものであり、ましてや、誰にも増して理想的美女たる存在が元下僕と破廉恥な関係を長年続けていたことは想像だに出来ないものであった。その階級意識はベティーの本当の姿を知ったとき、嫉妬でなく嫌悪という感情をいだくことで如実にあらわれたのである。

カラザースはそのような意味でひとつのステレオタイプの人間でありそれだけ底の浅い人物として描かれている。その意識変化が最後のオチを面白くしているわけだ。あるべき関係を取り戻すこと、すなわち運転手アルバートにチップを渡し、sir と呼ばせて苦い勝利を味わうところなどは一種のみじめさと滑稽感を感じさせてモームの筆は大いに冴えている。

また、ベティーの性格描写などは第一次大戦によって大きく変貌を余儀なくされた上流社会の意識のゆらぎや若者や女性の行動の変化も下地となっているだろうし、現実にこういう貴族女性はいなかったにしても当時の読者にもそれなりのリアリティを感じさせたのではなかろうか。もちろん、階級意識を自然なものとして許容している当時の読者に与える衝撃は、現代の我々しかも日本人読者の受ける刺激とは比べ物にならないくらい大きかったであろう。

さて、二つ目の筋書きであるわたしとカラザースについてのやりとりについてであるが、この男はモームから見て気にくわない要素であるオックスフォード出身、[2] 筋のない高尚な小説を書く作家といったところを余さず兼ね備えている。後に第五章でもまとめてみるが、総じてモームの作品を読むとオックスブリッジ卒業やイートン校出身の登場人物は欠点の多いタイプとして辛口に描かれているけれども、これはモームの少年期においてカンタベリーのパブリック・スクールになじまなかったことや、オックスフォード出身でそりの合わなかった叔父への嫌悪、また自らの意思とはいえケンブリッジを捨ててハイデルベルグに行き、そして医師になったという青年期の事情も底流にあるだろう。そのような意味で、表面上の交流は盛んであっても、モームは英国の「知的主流」に対して疎外感を抱いていたと思われる。

また、その裏腹の関係にもなるが、モームの小説観と高踏文壇のそれとは真逆であった。モームは「小説は読者を楽しませるもの」でありそのためのストーリー性を重視したが、実際、主にオックスブリッジ出身のエリート批評家グループはモームを評価しないというよりも、そもそも話題に値しないという雰囲気があったらしい。知的主流には〝通俗小説〟にしか見えなかったわけである。これに対しモームの主張は一貫している。この作品でもわざわざ本筋とは離れたところで、筋やストーリーのよく分からない小説を〝額縁だけで絵がないようなもの〟と批判しているし〝自分は起承転結を好む〟と述べているが、要はモームのそうした不満がカラザースという登場人物に結晶していることになる。

適切なたとえではないかもしれないが、この場面を読んでいながら、これは海外のホテルで三島由紀夫と松本清張がばったり会って、三島からお茶を一緒にしないかと言い出したようなものかと私には思えてしまった。ご承知のように三島と清張では作風も文壇の立場も真逆であった。聞いた話では昭和四〇年前後の文学全集全盛期のこと、三島はある出版社の日本文学全集の編集委員であったが、清張を全く評価しておらず、企画会議で清張は入れるべきでないと主張したそうである。

そんな関係をイメージすれば、カラザースが失恋のみじめさゆえに思わず〝わたし〟に声をかけさせたというのも、そうした文壇に対する一種の意趣返しとして溜飲を下げているようにも思わせる。この作品に限らず、発表年も近接し代表作と言われる『お菓子とビール』の内容も半分はエリート文壇意識に対する揶揄のようなものであって、とりわけこの時期においてその傾向は強いようだがいかがだろうか。

以上のような一応の整理をしたうえで、この作品を含むモームの魅力がどこにあるか今一度考えてみたい。

モームは流行作家・人気脚本家・華やかな社交界に出入りし南仏に大邸宅を構える富豪であるという一方、先に触れたように、フランス生まれで生来の〝どもり〟もあって学校でいじめにあったことや、非オックスブリッジのコンプレックス、二流作家と扱われていることへの不満といった面で生涯にわたる心理的屈折感を持っていた。いわばこのような二重性がモームの作品に反映する。描くイギリス人の多くは上中流社会あるいはエスタブリッシュメントの範疇の人間でありそれはモーム自身が売れっ子作家としてそれに属していたからであるが、上に述べたような〝疎外感〟はこの世界から一歩離れた〝距離感〟を作品に投影することとなった。彼自身の言葉で「私はイギリスを愛しているが、イギリスが自分の故郷という気分を味わったことがない。そこに住む人々に打ち解けた気持をいだいたこともない。[3]」と述べているが、それはモームの偽らざる心理であろうし、それが作品に反映するとき、英国エリート社会側から見た場合、モームの評価のひとつである〝皮肉屋〟という見方になって還ってくると思う。

また、あとの第四章において触れることでもあるが、モームは描く対象が英国人以外であることも多く、いうなれば他の作家にはない「コスモポリタン性」を特徴にしているけれども、それも広義には「英国社会との距離感」のあらわれかたの一つと見なせるかもしれない。この作品での〝階級意識〟に対するまなざしにもそれは顕著にうかがえる。

そして、そのことはかえってわれわれも含む海外読者にとって読みやすさ受け入れやすさに結びつくものでもある。

というのは、たぶん、ある社会の中でその時普遍的と思われている共通価値観にどっぷりと浸り、それを疑わないところから発する表現形態は、それが小説であれ他のかたちであれ、外側の人間には本当に理解することや共感することは不可能だし、時代が移ってもとの価値観が変化すれば魅力もなくなって誰も手に取らなくなる。そのような作家はおびただしいではないか。これに対しモーム自身がいずれ忘れ去られると思っていたことに反して、あらためて復活し読み継がれているのは、もちろん人間の多面的本質を描いているためにしても、その背景としてのモームの社会的立脚点を見逃すことはできない。

さて、ここまではある意味で一般的な分析であり、これから先はとくに根拠はない直感からの私見である。

この作品を初めて読んだときは分からなかったが、何回か読み返すうちに、ベティーとアルバートの関係が露見するあたりの表現が何ともリアルで、なまなましい実感を伴っていると感じだした。

The way the man had dried her and the way she leaned against him pointed not to passion, but to a long continued intimacy (p. 423)

男が彼女を拭いてやるところや彼女が男にもたれかかる様子は一時の衝動ではなく長らく続いてきた親密さを示していた。

asked himself how long the hateful thing had lasted and suddenly he knew the answer; for years.Ten, twelve, fourteen; (p. 423)

この忌まわしい営みはどのくらい長くつづいていたものだろうと自問したときに突然答えがひらめいた。何年もだ。十年か、十二年、十四年か。

この感覚はどこから来るのだろう。それは、もしかしたらモーム本人のものだからではないか、すなわち、ベティーと運転手アルバートとの関係は、ほかならぬモームと同性愛関係にあった秘書ハクストンのそれを投影したものだろうと思うに至った。

またロードス島とは不思議なところに舞台設定をしたものと最初は思ったが、ヴィラやその庭園の描写はまさしく南フランスのモーム邸を想起させるものではないか。

この作品の執筆年は登場人物であるベティーの年齢推移などから推測するとおそらく発表の年と同じ一九三〇年だろう。モームとハクストンは伝記によれば一九一四年第一次大戦の折に出合い、同性愛の関係に入って十五年余りになることになる。まさしくそれだけの時間をともにしているのだ。また、ヴィラの購入は一九二六年であり、四年を経過したころに当たる。

モームはそれまで海外取材旅行などの折は常にハクストンを同行させていたが、イギリス帰国の折は彼をパリなどに残して別れなければならなかった。なぜならハクストンは当時犯罪として認定されていた同性愛者ゆえ「好ましからざる人物」としてイギリス入国が禁じられていたからである。いさかいの絶えなかった妻シリーとの離婚協議を進めながら、モームは南仏にヴィラを購入したわけであるが、その大きな動機の一つは晴れてハクストンと一緒に過ごせることにあったという。モームはこの大邸宅で執事以下十数名の使用人を置き、さまざまな著名人・招待客と交流を重ねる一方、有能な秘書であるとともに、ギャンブル癖など問題を抱えるハクストンと葛藤を重ねながら暮らしていた時期であった。

これがそうであったとして、ではなぜモームは素材にしたのだろうか。

答えは一つしかない。

書きたくて仕方なかったからだ。言い方を変えれば、吐き出したかったからだ。モームは完全な空想や虚構から作品を仕立てあげる作家ではなく、事実か見聞、あるいは伝聞でも何かのタネがあって稿を起こす。そして『人間の絆』に代表されるように折々にたまりにたまった内面の思いを吐露する作家である。最後の

The spirit is very strange, it never soars so high as when the body has wallowed for a period in the gutter (p. 430)

精神というのは何とも不思議だ。肉体がどぶの中でのたうちまわっているときほど高く舞い上がる。

とは当時禁忌であった同性愛に溺れる自分の心情を、ベティーの「堕落」に託して語った表現だろう。この作品で一番思いを込めたのはこの部分なのかもしれない。(4)

表題の"The Human Element"もそのような隠された意味を持っているのではないか。されば *Of Human Bondage*『人間の絆』の human と本短編のそれとは泥沼の同性愛から逃れられない自分という意味で、モームの意識において共通性があったと推測もできるし、深読みのしすぎになるかもしれないが、『人間の絆』のミルドレッドの実像もその軸の中に浮かび上がってきそうな思いすらするのだ。

このような流れで考えたとき、最後部分のカラザースとの会話もまったく違った様相を帯びてくる。

それを小説にしたらいいじゃないかと提案する〝わたし〟に対しカラザースはそんなことはできない、自尊心もあるし、そもそも話なんかないと答えるのだが、モームは「そうかなあ。所詮君のようなうわべだけの人には本質的な人間の姿は描けないのだろうね。しかし、実は……俺はもう書いているんだがなあ……。ここで……」と暗示していると読めないだろうか。もちろんだれにもそれを見破られないだろうという自信を持って。その意味でこの作品における"I"の効用を考えてみると、これは巧みに"I"と登場人物を分離させる効果を持っていることに気付く。"I"はあくまでベティーや運転手の世界とはかかわりのない存在であると読者に思わせる。そこにモームの周到な計算も働いているのだろう。一人称小説は先に述べたようにモームの特徴の一つでもあるがこの作品においてはとりわけカムフラージュ効果がよく発揮されていると思われる。

私的な結論を言おう。この作品は三重の要素のアマルガムである。階級意識を揶揄しつつ思い切り読者を楽しませるミステリー要素を込めたストーリー、エリート文壇に対する意趣返しという味付け、そして誰にも気づかれないように織り込んだ自身の同性愛の告白。

以上の読み方が当たっているのかどうか、それは分からない。

ただ、小説の読み方には純粋にその作品の面白さだけを鑑賞する場合と、作者の背景や経歴を知ったうえで読み込む場合とがあるが、モームについては後者の立場のほうがより深く魅力的になりうると思うが如何であろう。なぜなら、他の作家とは多分段違いともいえるモームの多面的な隠された実像がそこにあるから。繰り返せばそれは、流行作家・脚本家、一見華やかな社交界とのつながり、富豪で俗物の一面、同性愛者でありそれをひた隠しにした一生、二つの大戦におけるスパイ・諜報活動、類い稀なる読書家、そして老いてなおかつ真善美の追求者という一人の人間が内包する複雑な諸相である。

そのような作家であることが現代の我々にもあらためて強い魅力を発信していると私は思うのだ。

二　“The Alien Corn”「変わり種」

“The Alien Corn”「変わり種」は先の“The Human Element”と同じ短編集六作品の中のひとつで初出は一九三一年、モームが五七才の円熟期を迎えている時期のものである。モームの短編はイギリスに先んじてアメリカの雑誌に掲載されることも多かったのだが、この“The Alien Corn”もその一つに当たる。

このことはアメリカでモーム人気が非常に高かったということを示すに他ならないが、その理由がストーリーの抜群の面白さにあることは言うまでもないにしても、もう一つの要因として、内容が主に英国の伝統的上流階級・紳士階級の人間模様を描いている点にもあるだろう。そのような歴史をもたないアメリカ人読者にとってそれは憧れと好奇心を満たすものであったに違いないし、さらにモームがその世界をどこか皮肉も交えつつ冷めた他者の目線で描写しているところに、より外国の読者に訴求するものがあったといえるのではないか。

この短編も英国上流階級の一族中の葛藤をテーマにしているのだが、一方、ユダヤ人であるゆえの問題を絡めているところに他の作品と異なる特徴を持っている。またこの作品でも“I”＝〝わたし〟(作家＝モーム) が語り手であるとともに、随所に〝わたし〟自身をも語る場面が織り込まれており、いわばストーリーの中に著者の遠景や近景が交錯していることがより内容的にも深みを増している。

冒頭部分で全体の四分の一ほどは〝わたし〟と長い付き合いがあるドイツ系ユダヤ人ファーディの人物像ならびにそのエピソードで占められており、以降はそのファーディの縁戚であるブランド一族の長男ジョージをめぐる物語に移るのだがまずはやや複雑なこの作品の要旨を述べてみよう。


わたしはドイツ系ユダヤ人であるファーディ・ラーベンシュタインとは二十年以上の付き合いで、またブランド家とも知己であるが、彼らが縁戚であることは今まで知らなかった。ファーディはもう七十歳を越しているが、昔と変わらず男前でまた粋人として社交界では名を成した存在である。そして出自を隠しもせず、ユダヤ的な言動や振る舞いを逆手にとっていささか派手で異人種的な香りを振りまくことがかえって評判を呼び、貴族夫人と浮名を流したり、晩さん会の人気者となってきた。しかし、わたしには彼の社交界での愛想よいふるまいの中にイギリス上流社会に対するひそかな軽蔑感が隠されているように感じてもいた。

さてファーディから食事の誘いを受けたとき、ブランド家と先約があるのでと断ると、ファーディはこの二十年行き来はないのだが実は自分がブランド家と縁戚であると明かす、そのうえで跡取り息子ジョージに会ってみたいのでそう伝えてくれないかとわたしに依頼する。

ブランド家の家長フレディはイートン・オックスフォード卒業で、妻ミリエルとともにサセックスに住み、大富豪として広大な土地を上手に経営しながら従男爵位かつ下院議員の地位をも得ていた。その屋敷に訪問の折、ファーディの依頼を切り出すと彼らの反応はいたって冷たく、親戚づきあいを断って長いうえに今にして何を言うのかと散々であった。また息子のジョージに至っては大叔父に当たるファーディの存在すら知らなかった。

実は、彼らはもともとの異国風ネームをイギリス風に改称したことをはじめ、あらゆるユダヤ的要素を切り捨てて今日に至ったのである。ファーディと疎遠になったのもそのような理由からであった。すなわち夫妻の理想はイギリス上流階級そのものになりきることに他ならなかった。もっとも、わたしからしてみるとカントリーの大邸宅の暮らしぶりや言動は一見完璧な英国ジェントルマン流儀のように見えても何かそぐわないところがあった。一方、屋敷に同居するその母親ハンナはユダヤ系であることをとくに隠しもせず暮らしているのだ。

そうした彼らには息子が二人いたが、とりわけ長男ジョージに大きな期待をかけていた。彼は容姿にも秀でる一方、英国ジェントルマンたるべき教育を受け、乗馬やゴルフ、狩猟といった紳士にふさわしい楽しみもそつなくこなし、非の打ちどころなく順調に育っていた。この上はジョージを将来下院議員に、みずからは叙爵により上院に席を得ることが夢である。その路線でジョージはまず外交官を目指してドイツ語習得のためミュンヘンに留学するという。

いったん両親に断られたはずで、その旨もファーディには伝えたのだが、後日ファーディとの昼食会に行くと、驚いたことにその場に突然ジョージが現れた。その理由は、彼らの反応を受けて、別途ファーディが姉のハンナに頼んだからだと後でわかる。しかし席上、初対面にもかかわらず、ファーディはいかなるつもりかお得意のユダヤにまつわる小咄を次から次へと繰り出しジョージを戸惑わせるのだった。ジョージは別れ際にわたしには不快感を隠さなかったもののすぐに明朗な本来の若者の姿に戻って帰っていった。

ジョージは予定通りほどなくしてミュンヘンに赴いた。その後しばらくして母親のミリエルにあった折、留学中の彼の近況を尋ねるときわめて困惑した様子で思わぬ事情を打ち明けられる。彼は留学の名を借りてドイツに行ったのはピアノ練習に打ち込むためであり、将来は職業ピアニストになると突然言いだしたというのである。ブランド家にとっては、ゆくゆくは政界のしかるべき地位を嘱望されている跡取り息子がプロのピアニストになるなど論外な話だ。一度は二十一歳の誕生祝いを盛大に行うために何とか説得してイギリスに戻らせ、どうにかその夢を翻意させたかとも思われたが、ほどなくして再びジョージはミュンヘンに戻ると言い出す。ここに至って親子の間で深刻な言い争いが起きる。ジョージは家督や遺産もいらない、週に五ポンドさえあれば満足で、なければ自分で稼ぐとまで言い出す。憤激した家長フレディは普段の英国紳士ぶりには程遠いユダヤ的な激情を思わず露出するほどであった。

ファーディまでが加わり家族総出の説得も功をなさない中で、最後に解決策としての妥協案を出したのは祖母ハンナである。

それは二年間ミュンヘンでみっちり修練をするがよい、しかる後、プロとしてやっていけるかその道の権威に成果を見てもらうものとしよう。そしてもしその見込みがないことになれば、両親の望んでいる道を進むようにというものであった。

この案にジョージは納得して再びミュンヘンに向かう。その間一切家族には会わない約束であった。その後一年半が経ち帰国も近づいた折、ベニス旅行の途中、ミュンヘンに立ち寄って様子を見てきてくれるよう頼まれたわたしが訪れると、ジョージの様相は全く変わり、太って髪も伸び放題、従前のスマートなイギリス紳士の面影は消え失せる一方、日々脇目も振らずピアノ練習に精魂込めて打ち込んでいる様がうかがえた。そして彼は芸術がこの世の唯一の価値であること、そしてミュンヘンでの生活の愉快さを語るとともに、イギリスに対する嫌悪を隠さなかった。さらに自分は紛れもなくユダヤ人であり、ユダヤの世界にいることが生きている証になるとその覚醒した心情を打ち明けるのだった。

約束の二年が過ぎてジョージは帰国し、女流ピアニストとして著名なリー・マカートの前で演奏し、これからの可能性を判断してもらうこととなった。このお膳立てをしたのは女史と長い付き合いのあるファーディである。ジョージは家族全員とプロを前にして落ち着いた様子でピアノに向かう。弾いたのはショパンだった。演奏が終わりジョージは振り向いてリー・マカートに判定を促した。一同かたずをのんで見守るなかで、非情な宣告が下される。それは千年経ってもプロになるのは無理だというものであった。この審判に対し、ジョージの反応は落ち着いていて、ミュンヘンの師も似たような判断だったと述べる。女史とわたしが去ったあと父フレディは息子愛おしさにいたたまれず、今一度修練を積んだらどうだ、または気分転換に学友としばらく外国漫遊したらどうだと息子を思いやる言葉をかける。その父親に優しくキスをした後、散歩してくるといって出かける。そのあとで、銃器室の中で猟銃により胸を打ち抜き死んでいるジョージが見つかった。

以上が要旨であるが、この作品の第一の主題は言うまでもなくジョージという突然異種すなわち Alien 性を自覚した青年の悲劇である。モームの他の作品にもしばしばあるように、この主人公は、やむにやまれぬ衝動に動かされて普通にみれば誰もがうらやむような人生路線を捨てる。その選択がこの作品ではピアニストということになる。ジョージはそれまでは一見親の期待に沿った成長ぶりを見せるが、一方で、オックスフォード在学中に羽目を外した浪費に明け暮れ退学するという事態も起こしているのは、みずからの本来的なあり方を模索する上での葛藤の過程であっただろう。それが二十一歳になって顕在化したのである。しかし、この作品の場合に特徴的なのは、個人としての覚醒が彼自身の内面的な理由に加えてユダヤという人種あるいは血の問題が背景になっていることだ。

まず、両親の徹底的なユダヤ隠しとイギリス貴族階級への同化志向がいろいろなところで示されている。父フレディと母ミリエルの名はそれぞれもともとユダヤ系のアドルフとミリアム、それにブランドという家名もブライコーゲルというものであった。この姓名の改変をはじめとして外形からメンタル的な要素に至るまで徹底した彼らの英国ジェントルマン志向は滑稽かつ辛らつに描写されている。例えば何世代も続いているように見せている領地と屋敷は所詮借り物に過ぎず、見渡す限りの田園や農場、豪壮な邸宅も金にあかせていかにも歴史があるような雰囲気を創り上げたに過ぎないことが読者に示される。また、当主フレディも財界・政界に地位は得ているものの、狩猟や乗馬、ゴルフといったイギリス紳士に必須のたしなみについては懸命な努力をするもまったくものにならず、そのコンプレックスを引きずりながらそれを息子に託したいという心理を抱いている。ブランド家においては社会的成功が必ずしも精神的満足に直結していないということなのだが、そうした内情を通じて、物語の基調にはユダヤ人という異人種のイギリス社会内における葛藤、既成の英国上流社会自体への揶揄、そしてそのイギリス的価値観に同一化することを疑わないブランド家の心情に対する冷めた目が向けられているのである。

ところで、日本人しかも現代のわれわれにとってはこのあたりの人種的感覚は当然縁遠い。この作品を鑑賞する上で必須ではないだろうが、こうしたブランド家のような出自を隠して身も心もイギリス上流階級になりきろうとするユダヤ人一族が実際にいたのか、つまるところモームはなんらかのモデルを踏まえたものだったのかということはいささか気になるところである。そこで、軽くネットで検索してみるとジョージ・オーウェルに『イギリスにおける反ユダヤ主義』というテーマの論述があり、その中で「裕福なユダヤ人はイングランドやスコットランドの貴族階級の名前で自らを隠すことが多い。平均的な人間からすれば彼らがそうせざるを得ないのはごく自然なことのように思われる。」という一文が見つかった。たぶん実際の例が社会では認知されていたのかもしれないし、イギリスにおいても潜在的なユダヤ人差別意識はかなり根深くあったということになろう。(1) なお付け加えればドイツでナチス政権が誕生し、ユダヤ人迫害が開始されるのが一九三三年でこの短編の二年後にあたる。

だが、家族全体の意識についてはそれで納得するにしても、中心テーマであるジョージの反抗についてはどう見たらよいのだろう。この作品の表題“The Alien Corn”は一義的にはまっとうな路線をはみ出した変わり種としてのジョージのことを指しているのは誰でもわかると思うが、彼は両親とは全く正反対にユダヤ人意識に目覚める。ジョージは言う。

I'm a Jew and you know it, and a German Jew into the bargain. I don't want to be English. I want to be a Jew. My friends are Jews. You don't know how much more easy I feel with them. I can be myself.[2] (p. 137)

僕はユダヤですよ、知っているでしょう。おまけにドイツ系ユダヤです。英国人になんかなりたくない。自分はユダヤでありたい。友達はみなユダヤです。彼らと一緒にいるとどんなに心休まるかわかりますか？　自分そのものになれるんですよ。

この言辞のように彼は血と民族意識に目覚めるのであるが、それは親たちに敷かれた既成の路線からの脱却を意味するものにも他ならない。だが、このような覚醒、すなわちユダヤ人としての自己意識の露出にどれだけリアリティがあるのか、すなわちモームが作品化した自信の根拠はどこにあるのだろうか。自分は最初にそういう疑問を抱きながら読んだのであるが、あらためて考えるに、やはりジョージの目覚めと反抗には、モーム自身の青春期のそれが下敷きにあり、それをユダヤとしての覚醒に置き換えたのではないかと思うようになった。

ジョージは両親と言い争うときに「自分はもう二十一歳であり自分のことは自分で決められる」のだと主張するが、この二十一歳という年齢のことで連想するのは、『人間の絆』の少年期部分の章である。

『人間の絆』では未成年の十五歳であり自分の願望がまだ自由に実現できないフィリップが、二回にわたり「二十一歳になればなあ」という思いを吐露している。(3) それは頑迷な叔父との生活そして英国的価値観の養成所であるパブリック・スクールとその延長から逃れたいという心情の発露であった。

叔父はオックスフォードに進学し聖職者になるのが当然だという考えの持ち主であったが、フィリップ＝モーム自身は叔父の俗物性や神への信仰を失ったことなどからこれに激しく反発して結局自分の意思を押し通しハイデルベルグに留学し、そこで芸術や哲学にはじめて触れ高揚感を味わう。つまるところミュンヘンでジョージが目覚めた自覚と解放感は、モームの若き日のハイデルベルグでのそれ、すなわち宗教からの脱却と芸術への目覚めに裏打ちされているのであろう。その真情を、この場合はユダヤ人としての覚醒に託していると思うのだがいかがだろうか。ジョージと別れる際の下記の夜空の描写は印象的だ。

I bade him good night and walked back to my hotel. The stars were shining in the indifferent sky. (p. 138)

わたしは彼にいとまを告げると歩いてホテルに帰った。淡々とした夜空に星がかがやいていた。

そのようにこの作品の裏に隠されたものがモーム自身の四十年も遡る若き日の追憶と考えれば、ジョージと別れるとき見上げるミュンヘンの夜空は青春期のモームが見たハイデルベルグのそれに他ならないだろう。

さて、この短編の中で最初から四分の一ぐらいは〝わたし〟とファーディとのかかわりについて描かれている。そのような冒頭の重要人物であったファーディであるが、これ以降のストーリーにおける出没ぐあいはまことに不思議なものだ。実際にこの小説を読んだ方には、彼の姿は話がジョージをめぐるいきさつに移ってからすうっとフェイドアウトしてゆくように感じられるのではないか。

そもそもファーディの人物像についてはモームは相当の思い入れをこめて描いている。富裕な伊達男であるとともに、美術や音楽などに対する審美眼も優れている一方、そもそもの男ぶりからして上流女性の心をときめかしつづけることでも異彩を放っている。また後半の伏線にもつながるが自身ピアノ演奏を得意とし、名声高いピアニストのリー・マカートとも懇意にしている。

されど、ファーディの意識は冷めている。胸には黒真珠、指にはプラチナとサファイアの指輪を嵌めて言うのだ。

'After all, I am Oriental,' he said. 'I can carry a certain barbaric magnificence.' (p. 104)

つまるところ自分は東方人ですからね。それなりにけばけばしい飾り立てもできるというものですよ。

そのようなファーディであるが、ブランド一族と交流が再開する後では、彼のストーリー中の役割はなんとも即物的だ。具体的には、ジョージに会いたいとわたしに促し、断られたのを知ってそれでも姉ハンナを使って実現させたこと、ブランド家と関係が修復したと見えてミュンヘンに戻るというジョージに対する一家総出の説得に加担したこと、そして最後は知己の女流ピアニストをブランド家に審判役として連れてくるおぜん立てをしたこと、以上であって、冒頭の個性的な人格はまったく埋没してしまうのだ。また、奇妙でもあるがこの一連の行動にかかわる彼の動機と心情にはまったく触れられていない。すなわちモームの小説としてははなはだアンバランスな印象を与える。これはモームらしからぬ一種の破綻なのだろうか。

別の視点から考えてみると、そのようなファーディのこの物語における役割は狂言回し・舞台回しのそれといってもいい。ファーディのお膳立てにより、ブランド家の運命が新しく回りだすともいえる。今まであったこともないジョージをわざわざ呼び出し、当惑するジョージに次から次へと繰り出すユダヤの小咄、すなわちそれは若者の潜在的な願望に火をつける一種の呪文であり、心に潜んでいたユダヤ性を噴出させる触媒のようでもある。ではファーディはジョージをその道に走らせたうえで最後に審判者のピアニスト／リー・マカートを用意し、結局その願望を断ち切るという結末までをあらかじめ予期していたのだろうか。

モームが意図したかどうかにかかわらず、これは私の勝手な一つの想像になるが、そう思いを巡らせて行くとファーディは悪魔的要素をもった存在のように見えてくる。それも西洋の昔話に出てくるような人間の内在的な欲望にこっそりとささやいて火をつけるいたずら好きの小悪魔として。

人間はその欲を満たすために駆り立てられ結局それが身の破滅を招く。

トルストイの童話で『人にはどれだけの土地がいるか』という一篇を知っている人も多いだろう。これはロシアの大地で朝日から夕陽の落ちるまでのあいだに回りきれる土地をあげようという小悪魔のささやきに乗って走る農夫のさまを描いている。男はその甘いことばにつられて広大な土地をわがものにせんものと目いっぱい走る。いつしか日が傾いてくる。戻らないと暮れるのに間に合わない、ここで引き返そうと思い始める農夫に小悪魔が耳元でささやく。あと数百メートル行けば素晴らしい小麦の穫れる肥沃な場所になるぞ。もう少し行ってみよう。その誘惑に抗しきれず、農夫はさらに突き進むが、気づけば夕陽が落ちなんとしており、出発点にあえぎながらたどり着いたときに心臓が破裂して息絶える。結局おまえに必要な土地は自分を埋める墓の広さだけにすぎなかったなと、小悪魔はいたずらが成功したことにほくそ笑むのだ。

それにも似たファーディの仕掛けた一挿話が、ジョージの話に移る前の伏線として描かれている。ファーディが今を時めく美女として評判の貴族女性ラングトリー夫人に対して、一昔前の八〇年代にその美貌をうたわれたサマセット公爵夫人に引き合わせたいと持ち掛ける。二人の新旧美女を合わせたら面白かろうという趣向である。その話に乗ったラングトリー夫人はファーディとともに馬車で訪問するのだが、出てきたのはなんとも醜い老婆であった。帰る道すがら、ラングトリー夫人は涙する。花ざかりの身の上に未来の老醜を突き付け、美貌の果てに行き着く絶望を知らしめたのは小悪魔のいたずらそのもののようだ。

このように彼を悪魔的なものとして見立てるのは読者のひとつの遊びにすぎないとしても、いろいろな含みを持ちうる人物としてモームが描いていることは確かだろう。そして作家デビューのころ、上流パーティでの居心地悪さをファーディに救ってもらったことなどを含めて〃

わたし〟は親近感を抱きながらファーディと長年付き合ってきた。その両者を結びつける絆は以下の感覚である。

I felt that he and I at bottom were equally alien in that company, I because I was a writer and he because he was a Jew, (p. 105)

この貴族連中にとっては根本的なところでは彼もわたしもひとしく異邦人 (alien) なのだと感じた。なぜならわたしは物書きにすぎず、また、彼はユダヤだからだ。

流行作家であるがゆえに社交界であまねく認知されていたものの、一方金の亡者という冷ややかに見られていた視線をモーム自身常に感じていただろう。そうした屈折感と中味のない上流社会に対するひそかな軽蔑感をお互い alien として共有することが絆の根幹であるのだが、さらに言ってしまえばそうした観念がファーディという創作上の人物に結晶しているともいえないだろうか。結局彼はモームの心象風景が生み出したモーム自身の影を持つ異界と現世界を容易に行き来する理想人でありモームの分身と思って良いのではなかろうか。ただ、若き日と違うのは、モームがそうした他者の視線やふるまいにひるむような時代は過ぎて、むしろ征服感を覚えている年齢になったということである。それがファーディという人物のもつ自信と魅力に反映されているのではないか。

ところでこの短編も一人称小説の体裁をとっている。

そしてストーリーのはざまに〝わたし〟（≒モーム）が自分を語る場面が実にさりげなく織り込まれているのも特徴である。

My youth passed, I grew middle-aged, I wondered how soon I must begin to describe myself as elderly; I wrote books and plays, I travelled, I underwent experiences, I fell in love and out of it; (p. 109)

わたしの若き日は過ぎ去って、中年になった。これからすぐに自分を老年と思わねばならないことがなんとも不思議であった。この間、わたしはいろいろ小説や劇を書いた、そしてわたしは旅を重ねた。いろいろな経験もした。恋に落ち、そしてそれから醒めたりもしたのだ。

この、筋と全く関係なく突然挿入されている一節は、モームの履歴を知らない人には何の意味もなく読み過ごされてしまうであろう。しかし、関心のある人には、簡潔な要約の中に含まれている波乱に満ちた二十年の内情がわかるだろう。劇作家としての大ブレイク、転がり込んでくる大金、ハクストンをはじめとし、たぶん複数のとの同性愛者との秘められた交流、南海やロシアをはじめとする旅の数々、妻シリーとの結婚と、つづく激しいいさかい、尽きぬ後悔とやっとのことでこぎつけた離婚……。

モームは実に自己を語ることの多い作家であると思う。しかしそれは韜晦的であったり、意図的に隠していたりして単純ではない。その自己の表白が小説の深部にうまく潜んでいるときにその作品がより以上の深みを持ってくるという特徴がある。

この作品に関して言えば、モームの実像は上記に述べたようにジョージ、ファーディにも織り込まれ、そして“I”＝〝わたし〟が上の一節でさりげなく全体を俯瞰するような仕立てになっていると解したいのだがいかがだろう。題名の“Alien Corn”にはジョージ、ユダヤ、そしてモーム本人という三つの意味が込められていそうでもある。いずれにせよ、途中で唐突に現れるこの短い感慨は、モーム自身が人生の中で一つの区切りを意識しだしたことを示していると思われる。数年後、モームは自己を総括する『サミング・アップ』を執筆するわけであるが、この短編の端々にはそれに向けての想いが隠されているようである。

三　"The Creative Impulse"「創作衝動」

画家のピカソには数多の女性上半身をデフォルメして描いた作品群があるが、このモデルの多くは彼の愛人たちであり、付き合った主要な女性は七名に上るとのことである。

もう十年以上前になるが、国内で開催されたピカソ展に行った折のこと、そうした女性頭部や上半身を描いた傑作群を巡りながら、解説の学芸員が語るには、ピカソの女性像はそのおりおりの対象女性とピカソとの関係が反映されていて、たとえば泣いたり攻撃的であるようなデフォルメの場合は折り合いが悪い時のもので、色使いも明るく華やかな場合は関係が良好な時のものであるという。そんな話を思い出して、最近改めてピカソの画集を眺めながら、美術評論家による研究論考を読んでみると確かにそのようなことが書いてあり、結婚相手や愛人関係の渦中でそのときの気分が作品にどう影響しているか述べられている。いずれにしても、大変わかりやすい話であり、難しい理論を聞くよりも、作品の創作にかかわるたわいなくもあり深くもある秘密をよく理解させてくれると思うし、ピカソの生身に触れるような気分になって面白く鑑賞できると感じた次第である。

さて、絵の話はおいて、今回取り上げようと思う“The Creative Impulse”「創作衝動」はモームの分野である小説の世界のことであるが、題名通り創作のインスピレーションというものがどのように沸き起こったかをテーマとする短編で、ロンドンの文壇社交界を背景としながら、皮肉めいたモームらしさもよく出ており面白く読めるものだといえる。なおこの作品も短編集 *First Person Singular*『一人称単数』六篇の中の一つであり、“I”（わたし）＝モームも登場するのだが、前述した“The Human Element”「人間的要素」や“The Alien Corn”「変わり種」に比べると“I”（わたし）がストーリーの中で果たす役割は極めて薄く、別に一人称小説群に加える必然性もなさそうなところがある。要旨は以下のとおりである。

フォレスター夫人がいかにして『アキレスの像』を創作するに至ったかはあまり知られていない。周知のとおり、この作品は江湖に大変な評判を呼び、増刷に次ぐ増刷、翻訳もまたたくまにヨーロッパ各国語で行われたばかりか、近く日本語訳も準備されているという。そのように売れることに加えて、この作品に対する評論も好意的であるが、世上両方を兼ね備えることはめったにないものだ。いずれにしてもこの一作だけでフォレスター夫人は生涯暮らすに困らないだけの金を手に入れたといわれている。

それまでフォレスター夫人はいろいろと精妙な作品を出してはいた。それは荘重な詩集であったり芸術色の濃い散文であったりして、高尚な評論家からは絶賛されてきたものだが、かといって一般大衆にはまったく売れなかったのである。

彼女の最大の特徴は磨きのかかった流麗な文体にあり、セミコロンの間に秘められた独特のユーモア感覚も他の追随を許さない特徴であった。そのような夫人の礼賛者は多く、応接間には大使や元閣僚といったお偉ら方もよく顔を見せていたが、主には文学者や高級評論家たちに囲まれており、毎週応接間で開くお茶の会や午餐会は彼女の才能をほめたたえる場となっていたのだ。

彼女の夫アルバート氏は干しブドウの商いをしており、年千二百ポンドほどの稼ぎであったが、そのような食事会の片隅に顔を出していてもいつも控えめで存在感はない。それに教養豊かな夫人取り巻きの出席者はアルバート氏と話が続かずに困ることがあり、なぜ夫人のような知的な人がこのような夫を持ったのかいぶかるとともに、アルバート氏をどこか軽んじる雰囲気がいつの間にかサロンには醸成されていた。もっとも、夫人は夫には気を使っているつもりで、夫が集まりに顔を見せるとお茶の気配りをしたりするのだが、それはつかのまのことで、すぐに常連の評論家たちとの高尚な文学や芸術談議に打ち込んでしまうのだった。アルバート氏はそれを見てお茶のカップをそっと置き自分の部屋に静かに戻るのである。

そんな日々、夫人は政治にも興味を持ち始め、下院議員選挙に立候補の気持ちも秘めつつ、常連の取り巻きに加えて労働党党首やフランス学士院会員などもいる席上で話し合っていたときのこと、家の料理人であったブルフィンチ夫人が暇を取って代わりのコックが来たことを告げられ、続いてアルバート氏からの手紙が届けられる。それは、ブルフィンチ夫人がいないと自分もこの家にいる気がしないから一緒に出て行って二人で暮らすこと、もう文学の話や芸術談議には付き合っていられないという内容の手紙であった。

この突然の話に一同衝撃を受け、取り巻きは夫人にアルバート氏に戻ってもらうよう会いに行くことを勧める。夫人は断固として拒否するが、どうやって暮らしを立てるつもりかといわれて自分だけではまったく収入のない現実を知り、またこのままでは世間の笑いものになると諭されて、連れもどすために二人の住まいを訪れることとする。取り巻き連中もこうした夫人の文学サロンを黙って支えていたのはアルバート氏であったことを認識するのだった。

フォレスター夫人が二人の住居を訪れると、質素ではあるが居心地の良いたたずまいのなかにアルバート氏とブルフィンチ夫人が仲睦まじい様子で暮らし始めていた。二人を前にして夫人が冗談はやめましょうと帰宅を促すと、アルバート氏は三十五年一緒だったが夫人とは少しも共通するところがなくまったく合わなかった。それに夫人の書いた本は全く好きでなく、取り巻きも嫌いであることをはじめて率直にかつユーモアも交えて述べる。そして、会社の株を処分したので年九百ポンドになる、三人で分ければ夫人に三百ポンドになると告げるのだが、そんなはした金で今の生活が維持できるはずはないでしょうと夫人が悲鳴を上げると、アルバート氏は夫人には流麗で豊かな文体があるではないかと返す。

このとき、間に立ってブルフィンチ夫人が奥様も面白い探偵小説を書かれてはいかがでしょうと真顔で提案する。

というのもブルフィンチ夫人もアルバート氏も探偵小説の愛好者で何百冊と読み、アルバート氏が読み終わった探偵小説をブルフィンチ夫人に渡していたことからその縁で結びついたのである。夫人の前で二人は屈託なく探偵小説の真髄を語る。コツは探偵の魅力づくりと人殺しの内容にあること、最後まで種明かしをしてはならないこと、被害者は貴婦人や一流の弁護士などでなければならず、殺害方法も例えばハイドパークで一突きにされているといったように、手段や場所も吟味されねばならないこと、などと楽しそうに語り合うのだった。イギリス文学界の最高の集まりに三十年身を置きながら、あなたは実は探偵小説に読みふけっていたのですかと最後の恨み言を述べるもここに至って溝はもはや埋めがたいものと悟り、フォレスター夫人は辞去するが、探偵小説のことはよく考えてみるがいいとアルバート氏は最後に念押しするのだった。

帰路の電車の中でいかに取り巻きに話すべきか思案しているフォレスター夫人の目に、前に腰かけている先ほどの話に出てきたような立派な弁護士風の紳士が映り、彼女はハイドパークで急に降りる気になった。そしてアキレスの像の脇を通り過ぎるとき、探偵小説の祖でありフランス詩人にも影響を与えたエドガー・アラン・ポーのことがひらめき立ち止まってアキレス像を見上げる。

フォレスター夫人が帰宅するや、いかなることならんと待っていた取り巻きに夫人は生き生きと微笑をうかべ、インスピレーションを得た、探偵小説を書くことにしたと宣言する。一同あっけにとられるもおかまいなしに、探偵小説を芸術の高みに引き上げるつもりで題は『アキレスの像』に決めたと言う。アルバートはどうしたかと聞かれてもそんなことはすっかり忘れていた、もうかまっていられない、自分はインスピレーションを感じており探偵小説を書くのだと繰り返すのだった。

この作品の書き出しは何とも思わせぶりなよそおいで始まる。*The Achilles Statue*『アキレスの像』という今の時代を代表する傑作小説がどのように生まれたかを述べるのは文芸史において将来意味のあることであろう、といういかにももったいぶったものであって、題名の“The Achilles Statue”自体、いかにも高尚な文学作品であろうというイメージを持たせてもいれば、そもそも探偵小説であることをこの段階では全く触れていないのである。つづく部分ではフォレスター夫人がこの一作だけで生涯困らない金を手にしただろうとか、批評家と一般大衆から等しく賛辞を受ける本はまれなものだが、この作品はまさしくそれにあたるというような何とも文壇裏話のような語りをしているのだ。

それからあとはしばらくフォレスター夫人の過去の著作に関する講釈めいた話が続く。彼女の本領は精妙な芸術的表現にあって、その余韻に含まれる独特のユーモアは他の追随を許さず、それゆえにロンドンの知的サークルにおいて数々の賛辞を欲しいままにしてきたといったたぐいである。このあたりの筆の運びはモームらしい諧謔に満ちている。つまり、ほかのモーム作品にもみられるようにこの短編は当時の知的主流の集まりを揶揄する意図が明らかで、頭の中ではケンブリッジ出身者の集ったブルームスベリー・グループを想定していたのかもしれない。

本筋からやや横道にそれるが、この短編の中にはモーム作品には珍しく一九二〇年代のイギリスの具体的世相をうかがわせて興味深いところがある。

その一つは婦人参政権にかかわるところである。フォレスター夫人は労働党に共感して下院議員出馬に色気を見せているという一節があるが、民主主義国家の歴史にしてはイギリスの参政権については男女不平等が長く、この作品の書かれた一九二六年にはまだ完全な女性成人普通選挙権は実現しておらず、二年後の一九二八年にやっと第五次選挙法改正により男女平等の普通選挙権が実現した次第だ。いうなればイギリスの女性参政権の歴史は意外と浅く、今、改めて振り返れば日本と二十年も違わないのはいささか意外感もあるところである。

もっとも初めて女性議員が誕生したのはそれをさかのぼる第四次選挙法改正下の一九一九年。ナンシー・アスターというレディの称号を持つアメリカ生まれの富豪でイギリスに在住した女性である。[1] 社交界の花形であり、派手な言動で名を馳せ、男性とも丁々発止の勝気な性格であったというが、いずれにせよ極めて例外的な存在であった。だからこの作品でフォレスター夫人が下院議員に意欲を見せるという仕立ては当時の読者にはいかにも身をわきまえない女という印象を与える効果もあったであろう。

もうひとつは、探偵小説についてである。コナン・ドイルのシャーロック・ホームズが十九世紀末から二十世紀初頭のエポックを代表するものとすれば、それを受けて発展した一九二〇～三〇年代は探偵小説の黄金時代といわれている。そして、いまもなおミステリーの女王といわれるアガサ・クリスティが登場した時期でもあった。おりしも、“The Creative Impulse”が執筆されたであろう前年の一九二五年には、彼女の代表作の一つ『アクロイド殺人事件』が数カ月にわたりロンドン・イブニング・ニュース紙に連載され、その手法をめぐってフェアかアンフェアかと大きな議論を巻き起こしている。モームがクリスティを読んでいたかどうかは別として、探偵小説の隆盛そして女流作家の登場がこの作品の背景にあるわけだ。

フォレスター夫人のモデルを考えてみたときには、クリスティよりも、やはり女性探偵小説作家として人気を博したドロシー・L・セイヤーズのほうがモームのイメージにあったのかもしれない。セイヤーズは高い教育を受けもともと古典言語学者であり、宗教的な随筆や劇を書いていたが、一九二三年に初の探偵小説 ***Whose Body?***『誰の死体？』を著わしている。それは由緒正しいデンヴァー公爵家次男であり魅力的なピーターを探偵主人公にする連作〝ピーター卿シリーズ〟の嚆矢となるものだ。自分も翻訳ではあるが読んでみると、(2) そこで新登場した大金持ちのややペダンティックな貴族探偵というキャラクターや、死体（body）が全裸でだれかわからないという設定は、アルバート氏とブルフィンチ夫人が目を輝かせて話していたように、なるほど探偵小説のツボを押さえたものであった。

この執筆動機には当時セイヤーズが金銭的に不如意だったこともあるという。いずれにせよフォレスター夫人が売れない高踏文学から探偵小説に幅を広げたというのはこのセイヤーズが現実的に成し遂げていることではあり、フォレスター夫人の造形ヒントにもつながったかもしれない。

書き手のほうもそうであるが、黄金時代というのは読者層が大きな広がりを見せたということでもある。ミドルクラスのアルバート氏はもとより料理人のブルフィンチ夫人も探偵小説にはまったことが二人の逃亡劇につながったわけであるが、現実社会においてロウアーミドルクラスなども含めてイギリスの幅広い階層にミステリー愛好者が拡大したということであろう。それだけ娯楽的余裕も含めた社会的文化水準が向上していった証左ともいえる。

さて、本筋に戻ることにして、フォレスター夫人の人物像であるが、これはモームから見て〝嫌いな女〟に属するといってもいいだろう。行方昭夫先生の『モームの謎』[3]では一章を割いてモームの女性観を論じており、嫌いな女としては『月と六ペンス』のストリックランド夫人や『お菓子とビール』のドリッフィールドの後妻が挙げられているが、このような悪妻とはまた別の意味で合わない女性の代表格ともいえる。

彼女は別に悪意や底意地の悪さを持っているわけではないが、高尚な文学表現には長けていても、人間の心の機微に疎く底の浅い人格として描かれている。夫との暮らしについても、与えていたのはすべて自分のほうで彼はその恩恵を受けてきたとして、彼女の文学的活動を黙ってバックアップしてきたアルバート氏の気持ちに全く気付いていない。逃げられた後の恨み言を取り巻きに語る中の一節であるが

'I have done everything for him. What would he do without me? I ask you. I have given him a position which never in his remotest dreams could he have aspired to' (p. 172)

私はあのひとに何でもしてあげました。私がいなかったら一体どうなっていたことでしょう？　あのひとには夢にも望めないような立場を与えてあげたのですよ

というように、彼女の滑稽な独善性とひとりよがりが徹底的に揶揄されているのだ。

一方で、俗物で上昇志向が強く、自分より劣位にある人間にはほとんど関心を抱かないのが彼女の一面でもある。料理人に対する態度にもそれがあらわれる。

たとえば、夫と駆け落ちしたブルフィンチ夫人について、夫を連れ戻しにその家に行ったとき、

'Good afternoon, Bulfinch,' said Mrs Albert Forrester, with dignity. 'I wish to see your master.' (p. 177)

「ごきげんよう、ブルフィンチ」とフォレスター夫人は威厳を見せた。「お前の主人に会いに来ましたよ」

と優位性を露骨に示して見下す態度をとる。

続いて三人で面談中にアルバート氏が'Corinne'とファーストネームで呼びかけたときであるが

'Who is Corinne?' asked Mrs Forrester with the utmost surprise.
'It's my name,' said Mrs Bulfinch. 'My mother was half French' (p. 181)

「コリンヌってだれの事?」とフォレスター夫人は何とも驚いて尋ねた。
「あたしの名前ですよ」とブルフィンチ夫人が言った。「あたしのお母さんはフランス人とのハーフでした」

長年同じフラットにいて仕えてきた自分の料理人のファーストネームすら知らないのだ。(4)

結局この小説の主題は全くかみ合うものがなく暮らしてきた夫婦の別れのいきさつをつづったものといえようが、これはほかならぬモームとその妻シリーとの訣別を創作の形にしたものと自分には思われる。

シリーとは一九一七年に結婚しているが、モームがロシアでのインテリジェンス活動に携わったり、結核にかかって療養所で過ごしたりして、実質的な結婚生活は一九一八年に開始されたものの、「わがまま、教養不足、浪費癖、理性的でなく感情的、俗物」（前述『モームの謎』一二二頁）といったところでモームから見てシリーは日常的に実に厄介な相手であったようだ。性格的にも教養面においても合うところがなく十年以上一緒にいるのは相当苦痛であったに違いない。

シリーは室内装飾の仕事をしており、ロンドンのモーム宅は一種のショールームのように使われていたとのことである。置かれていた家具や装飾品は売却や仕入れにより頻繁に入れ替わり、そのためにしょっちゅう顧客や関係者が出入りしていた。モームはこうしたシリーのふるまいに日常的に悩まされていたし、執筆の邪魔にもなるので出入りする人間たちに辟易していたという。ついにある時はモーム愛用の二十年も使っていた執筆机がなくなってしまったのだが、シリーは嬉々として良い値段で売れたことを臆面もなく告げたこともあるという。フォレスター夫妻の居宅にいろいろなお客が出入りするのは、実際にシリーがさまざまな人間をモーム宅に呼び込んだことを背景にしているのだろう。つまり、この作品はモームとシリーの立場を教養面からまったく反転させせつつ、両者の別れるに至ったいきさつをタネにしているものと考えられる。

なお、冒頭触れたように、この短編における“I”（わたし）の役割は極めて微々たるものである。出てくる部分は、わたしがフォレスター夫人を訪問するときにご機嫌を損ねる口上を述べてしまい、それがしばらく後を引くというだけのことである。自分も要旨を作るにあたって"I"（わたし）がいなくとも何ら差し支えなかったのだが、そんな具合なのに、あえて申し訳のように"I"（わたし）を出しているのはやはり自身とシリーを想定していることを隠すためのカムフラージュを狙ったのだろうか。

この作品が発表されたのは一九二六年で、モームがフェラ岬に邸宅を取得したころに当たる。いいかえれば、長年のシリーとの不和に離婚の決着が見えて、彼女とまずは距離的にも遠い南フランスに暮らすめどが立ったという点においてひとつの区切りを迎えた時期といってもよいであろう。冒頭のピカソの話ではないが、全体に漂うコメディータッチはモームの晴れ晴れとした気分から来ているものと見てもおかしくなさそうである。結局、フォレスター夫人は新たな探偵小説の執筆に Creative Impulse を燃やし、夫のことなどすっかり忘れ去り、おまけに大金が転がり込んでくることで新たな人生を見つけるという、かなりの滑稽感を醸し出しつつも一種のハッピーエンドとなっているのはそうしたモームの余裕のなせるものではなかったか。その意味でモーム自身のこの作品に向けた Creative Impulse がどこから由来したものかを想像するのもまた愉しいではないか。

四　"The Happy Couple"「幸福な二人」
および "The Ant and The Grasshopper"「蟻とキリギリス」

「雨」はモーム短編の中でも代表作とされているが、一九四〇年に中野好夫によって訳されたのを嚆矢にこれまで八つの翻訳がなされていると聞く。

自分がモーム協会に入会する前のことであるが、例会でこの作品を鑑賞するプログラムが組まれ、その際に、この短編小説の冒頭部と結末部分の訳文を訳者の名前を伏したうえで参加者に配り、どの訳が好みか意見を聞いてみるという趣向の催しが行われたという。ちなみに配布された翻訳と発表年は協会誌によれば次の通りである。

①中野好夫　一九四〇
②太田三郎　一九五六
③半崎辛　一九五七
④西村孝次　一九五八
⑤朱牟田夏雄　一九六二
⑥北川悌二　一九七八

⑦ 木村正則　二〇一一

これを見るとやはり翻訳の過半は一九六〇年前後でモームブームのピークに集中していることが伺える。その当時いかに人気ぶりがすごかったかを感じさせるとともに、新訳である⑦とそれ以前とのあいだには三十年以上の開きがあることにもあらためて気づかされる。

では、実際どの訳が好まれたかというと、当初の予想では、名前を伏せているにせよ名訳として定着している中野好夫に票が集まるのではと思われたところ、ふたを開けてみると最新の木村訳に圧倒的に支持が多かったとのことである。例会の参加者は平均年齢もかなり高いことから、この結果は意外でもあったが「読みやすさ、新しさ、という点でこの訳が大勢に支持されたのだろう。先行訳が多い作品でも、新訳を出す意義はあるものだと、考えさせられる結果だった。」と締め括られている。

このことは翻訳というものの意義もさることながら、日本語の変化の速さということについても考えさせられる。自分自身でも数十年前に普通に読んでいたはずのいくつかの翻訳小説をあらためて本棚から出して眺めてみると、今では使われなくなった用語などに結構違和感を抱くこともあれば、また時にわざわざ難しい表現にしているのではないか、もっと原文の意味は平易なのではなかろうかと感じることもある。その意味では、翻訳においては、時の経過による語彙の変化にも鑑みればやはり賞味期限というものがあり、総じて新しいほうがいいと素直に言うべきかもしれない。

自分はこの話を聞いたところで、その一番票の集まった「雨」も採録されている木村政則氏の古典新訳文庫『マウントドレイゴ卿／パーティの前に』(1)を手に取ってみた。確かに文章のリズムとテンポには訳者の考え方が反映されていると思う。例えば人称代名詞を原文に忠実に翻訳すれば、英語の構造上「彼」や「彼女」がたいていの文章に含まれることになるから、当然日本語としてはどうしてもぎこちなさが付きまとうことになるが、それをいかにうまく省略してなめらかで文意に沿った日本語にしているところなどは現代読者に合わせたスタイルと言ってもよいのだろう。

ところでこの文庫の解説においては今述べたような翻訳の考え方についてだけでなく、作品解釈についても氏の独自の見解が述べられているのが目についた。それは新たな視点として、同性愛をキーワードとしそれを踏まえて読むことでモームの短編全体の印象が変わってくるという指摘であった。そして、具体的に収録作品の一つである短編"The Happy Couple"「幸福な二人」においてその点を論じている。

冒頭の「雨」の話とは離れてしまうが、ここではこの作品の要旨を追ったうえで自分の思うところを述べてみたい。

ランドン判事はsirの称号を持った著名な裁判官で、わたし（＝モーム）は彼と同じクラブに属している。そうした関係から昼食を共にすることもあれば、興味ある裁判を特別席で傍聴させてもらうような便宜を受けたりもしたこともあるが、人柄についてはあまり好きとは言えなかった。法服姿のランドンは、十二分すぎる威厳を備えていた。実際、彼の態度は、公正には違いないがきわめて厳しく、判決の言い渡しにおいても被告人を畏怖させるのはもとより、傍聴人として聞いていても不安な気持ちを抱かせるものがあった。そうした彼とは、クラブメンバー以上の付き合いとは思っていなかったのであるが、それだけにランドン判事が、リビエラに行く途中、フェラ岬のわたしのところに二、三日寄りたいと言ってきたことにはいささか驚いた。

彼の性格を思うとひとりでは気詰まりなので、迎えた日には、近くに住む旧知のミス・グレイを呼んで夕食を共にすることにした。彼女はもう熟年でひとり身だが、魅力的かつ話し上手でもある。予期した通り、彼女の機知に富んだやりとりのおかげで気難しいランドンも上機嫌となり、ディナーは上首尾であったうえに、さらにミス・グレイから翌日の昼食に招きがあると喜んで応じる。

翌日ランドンと一緒にミス・グレイを訪ねると、昼食には隣家のグレイグ夫妻も招いており五人の予定とのこと。この夫妻は三カ月ほど前に南仏に来てとなりを借りたばかりで、よちよち歩きの小さな赤ん坊がいるという。ミス・グレイの話では、まだ挨拶程度の付き合いではあるが、いつも浜辺でその夫婦が子供を連れて仲睦まじくしている姿を見かけるそうだ。ミス・グレイはその様子を見るにつけ、二人の恋愛物語は極めてロマンチックなものに違いない、晩婚であるというのもきっと結婚するにふさわしい資産を築くまで夫は海外で働き続けたからでしょう、そして二十年以上の別離が続いたにもかかわらず結局お互いの想いはあせることなく、そうした試練を乗り越えて二人の愛は成就し今日のような幸せを迎えるに至ったと思うのですよとわたしに語るのだった。

そのグレイグ夫妻はやや遅れて現れたのだが、ランドン判事を紹介された刹那、夫妻に明らかな緊張が走った。またランドンは握手の手も差し伸べず、いつも法廷で被告人をふるえあがらせる例の表情で二人を見つめる。それからの昼食はあまり話が弾まないうえに、ランドンは会話にも参加しない。そのうち突然グレイグが気を失って椅子からすべり落ちる。ほどなく意識は回復したのであるが、しばらく休むよう勧めるも、それを振り切り昼食を中座して夫妻は家に戻ってしまう。そのあとでランドンはなぜミス・グレイはあのような連中に関心を持ったのだろうかとわたしに尋ねるのだった。

翌日、ミス・グレイから電話があって、なんと、二人は未払いの家賃やメイドの給料を机においておいて家を引き払い、何処とも知らず逐電したという。そうなれば理由は昨日ランドンに会ったこと以外は考えられない。わたしがランドンにグレイグ夫妻とは知り合いだったでしょうというと、判事はウィングフォード殺人事件をご存じかなとその内容を語りだす。

グレイグの本名はブランドン、その妻はもとミス・スターリングという名で、資産家女性ミス・ウィングフォードの同居人(companion)であった。また、ブランドンはミス・ウィングフォードの主治医でもあった。年配であるが特に健康に問題なかったはずのミス・ウィングフォードが急逝すると、その六〜七万ポンドに上る財産が親族には渡らず、すべてミス・スターリングに遺贈されたことが事の始まりだった。遺言書自体は顧問弁護士や主治医ブランドンの署名もあり問題ないものである。しかし、周囲が騒ぎ出し、警察も再捜査に乗り出したところ、睡眠薬の過剰摂取が死因であるとともに、今まで判明していない事実が明るみに出る。それはミス・スターリングとブランドン医師が親しく交際しているという証言であった。ここに至って、遺産目当てに二人が共謀して殺害したのではないかという疑惑が生まれ二人は逮捕される。審理を担当したランドン判事は有罪を確信して陪審に付議するが、意外なことに評議の結果は無罪という判断であった。その理由はミス・スターリングが医学検査で完全な処女であったためであった。この女性は遺産と男をわがものにするためには殺人もいとわない覚悟だったのに、道ならぬ肉体関係は持てなかったということになる。

話を聞き終わり、わたしが「人間の本性はまことに奇妙なものですな」という問いかけをすると、ランドンは「いかにも」と答えるのだった。

この作品は比較的短いもので、前半はランドンのカップ岬訪問のいきさつと滞在のエピソード、後半はグレイグ夫妻にかかわる真相をランドンが話すという設定になっている。そしてミステリーの要素を含みつつも、主題は最後の部分のやり取りに示される人間の本性の奇妙さという点にフォーカスされているのであるが、この作品について木村氏はつぎのような見解を示している。(2)

「事件を担当したランドン判事は、一個人として有罪を確信していたので、この評決に納得できず、結局、ミス・スターリングには不可思議な道徳観があったということで自分を慰めるしかない。つまり、殺人はできても、道ならぬ関係は持てなかった。かくのごとく、人間というのは不可解な存在である……このランドン判事の結論にモームの人間観が反映されている、とするのが従来の読み方だろう。」

以上を述べたうえで

「ミス・ウィングフォードとミス・スターリングが恋人同士だった可能性はないのか。……（中略）二人が深い仲だったなら、ミス・スターリングが遺産の受取人であってもおかしくはないだろう。そうすると、弁護側も主張するように、ミス・ウィングフォードの死は事故だったことも考えられる。あるいは、ミス・スターリングの心がブランドン医師に移ったと知ったミス・ウィングフォードが、絶望のあまり自殺したものか……。ともかく、こんなふうに考えた場合、従来の読み方は変更せざるをえなくなる。モームはランドン判事に自分の人間観を代弁させているのではない。むしろ、人間を画一的に見て抽象化してしまう判事――異性愛とは違う性衝動の存在に気づかぬ男――に批判の目を向けているのではあるまいか。」

このように氏はひとつの新しい見立てを提示してくれたのであるが、それは作品を読むうえで私にとっても新たな刺激になったし、とりわけ登場人物のランドンについて考えさせられるきっかけとなった。実際、短いこの作品の中にランドンの人格を表す部分がいろいろ織り込まれているのはその人物評を強調したいという証左でもあろう。

たとえば、今触れたその女性観については、なぜミス・グレイが独身でいるかとのやり取りの中で

Stuff and nonsense! Women ought to marry. Too many of these women about who want their independence. I have no patience with them.(3)

嘆かわしい限りだ。女はすべからく結婚すべきだよ。自由を欲しがる女が多すぎる。我慢ならんね。

という如く持ち前の画一的人間観を断言しているのだ。そのような考え方の持ち主であるから、独身であることはもとより、ましてや女性同士が同性愛者であるかもしれないことなど想像できるはずもなく、その観点からこの作品の執筆動機のひとつが彼の独善性・人間の狭さを批判するところにあるというのは十分あり得ると思う。

一方、その女性同士の関係が同性愛的なものかどうかはそれぞれ読者の判断ということになるのだろうが、自分にはモームがそれを意識的に匂わせたとまでは読み取れないというのが正直なところではある。いろいろな作品を読み解くうえでモーム自身の同性愛というものが新たな鍵になるというのはそのとおりだと思うし、そのいくつかについてはこの本の中で自分も触れている。そして新たなモームの魅力発見につながるとは思うが、どこまでその心理を登場人物に求めるかは悩ましいところでもある。

さて、以上の見解を踏まえてこのランドン判事の人物像について自分が付け加えるとすれば、それはおそらくモームの八歳違いの兄フレデリック・ハーバートを想定したものではないかということである。

モーム家は四人兄弟であったが、フレデリックは次男で、ウィリー・モームは末っ子であった。そして、ものごころついたころには兄は三人ともイギリスの寄宿舎に預けられていて、ウィリー自身は美しく優しい母イーディスの愛情を独り占めできた反面、兄たちと交流することはほとんどなく、両親の死後も兄弟との接点は乏しいままにウィスダブルの叔父のもとに預けられ、少年時代を通して孤独感を抱きながら過ごしたことになる。そのありさまは『人間の絆』につぶさに描かれている。

この兄フレデリックは社会的に見れば大変な成功者といえよう。彼は法曹界の道を順調に進み、高裁判事 (High Court Judge) となり Knight の称号も得たうえに、それを経て一九三八年にはこの世界の頂点であり歴史的な位官である大法官 (Lord Chancellor) に就任している。大法官とはイギリス史においても枢要で最も由緒ある官職のひとつであろう。Wikipedia で検索してみると歴代大法官が出てくるが、その中には、十二世紀にヘンリー二世と対立して暗殺された著名な大司教トマス・ベケットや、また〝ユートピア〟で知られるトマス・モアの名前もありその歴史的な重みを十分に感じさせるものだ。フレデリックの法服をまとった威厳に満ちた写真も掲載されている。掛け値なしに大出世というべきだろう。

一方、その性格については冷たく横柄、また自己抑制の効いたタイプで、自分の子供たちからも畏怖されていたという。Ultra-conventional という評価もあって、この作品に描かれているランドン判事の造形にそのまま当てはまるようにも見える。そしてフレデリックとウィリー・モームの関係を見れば、お互い兄弟愛あるいは共通のシンパシーを感じたことがあるか甚だ疑わしい。それぞれ著名な存在となってからは、まれにカップ岬を訪問し「幸福な二人」にも描かれているようにゴルフを共にしたりしていたことはあるものの、終生本当のところで打ち解けたことがなかったようだ。


この兄弟の関係は性格の違いや少年時代に離れて育ったことにも起因するのだろうが、それ以上の理由があって、一つはそれぞれの歩んだ道の違いによると思われる。

そもそも階級社会が厳然と存在する中で、紳士にふさわしい生き方というものが定められていた時代のこと。『人間の絆』の中にもフィリップの将来を巡って、紳士らしい職業とは何かということについての話題が出てくるが、それは、宗教・法律・医学・教育という四つの分野とされている。(4) 別の部分では陸軍・海軍・法律・教会 (p. 272) との記述もあるのだが、いずれにせよ作家というものはその範疇に入るものでないことになる。したがって弟ウィリーが劇作家・小説家としての道を歩んだことについて、フレデリックの保守的思考回路から見れば弟をどう見ていたか想像に余りある。

「幸福な二人」より二十年も前のものではあるが、一九二四年初出の短編“The Ant and The Grass-hopper”「蟻とキリギリス」は兄弟の関係を扱った話である。過去のモーム協会誌の会員エッセイでもこの作品は何回か取り上げられており、また、大学の授業のテキストに使われたりもしているようであるが、その理由としては、有名なラ・フォンテーヌ寓話を素材として、夏に勤勉に働くアリと、怠けで遊び暮らすキリギリスが冬に当然迎えるはずの教訓的結末を逆転させているところが面白がられるようである。しかし、私にはそうした寓話をひねった皮肉めいた作品というよりも、ここでも私小説的なモーム兄弟間の相克を描いているように見えてしまう。兄ジョージの職業がlawyerとなっているのもいかにもそれらしい。

この作品自体は短いものである。

兄ジョージは週六日オフィスで弁護士として働き、年一度の休暇を楽しむという模範的な紳士生活を送り、引退後コツコツ蓄えた三万ポンドで悠々自適の生活を夢見てきた。これに対し遊び人の弟トムは家庭を捨てて二十年も思うままに遊び暮らし、ジョージからも借金を繰り返した上に詐欺まがいにも手を染め、しまいには警察の世話になるかあるいは野垂れ死にするかと思いきや、最後に結婚した老いた未亡人が急死し五十万ポンドという莫大な遺産を手に入れてしまう、ジョージはその不条理に憤激するのだが、聞き手のわたしはその話を受けて大笑いするというものである。

この作品が実際のモーム兄弟の心理を背景に描いているものとすれば、兄フレデリックは弟ウィリーを、しょっちゅう海外旅行に行くのを含めて勤勉さもモラルも欠いたアウトサイダーの問題児として認識しつつ、一方、劇作家・小説家として大人気を博し金銭的成功を得ていることについて嫉妬と憤懣を抱いていたということになる。

以下の部分は職業観についての兄ジョージの心理を描いた部分である。

It was not very nice for a respectable lawyer to find his brother shaking cocktails behind the bar of his favourite restraunt or to see him waiting on the box-seat of a taxi outside his club.(5) (p. 119)

ひとかどの法律家にしてみれば彼の弟がお気に入りのレストランのバーカウンターでカクテルをシェイクしていたり、彼の属するクラブの外でタクシーの運転席に座って客待ちをしているのを見たりするのは気分のいいものではなかった。

実際のフレデリックがどう思っていたかはさておき、この部分は弟ウィリーから見た兄フレデリックの自分に対する心情がこのようなものだと認識しているのだろう。つまりお互いの相性に加え、こうした人生行路を巡る相互の葛藤も兄弟の距離を遠ざける要因となったのであろう。

さらに言えば、二人の間の亀裂にはそうした人生路線の違いに加えてもうひとつ大きな理由があって、それはやはり弟ウィリーの同性愛志向によるものだったのではないだろうか。現代のわれわれ日本人にはなかなか理解しがたいところでもあるが、当時の同性愛は犯罪として扱われており、その実情にかかわる挿話として最近見た映画が自分の印象に残っている。それは世界的に人気を博した英国テレビドラマ『ダウントン・アビー』のその後を描いた映画版であるが、その中の一場面において、同性愛者であった執事トーマスが同性愛者集会に紛れ込みダンスで盛り上がっているさなかに警察が踏み込んで参加者を根こそぎ逮捕するというシーンがでてくる。トーマスも連行されかろうじて放免されるのだが、実際の手入れがどのくらいあったのかは知らず、そうした検挙も行われていたことを踏まえたエピソードであろう。

そのような取り締まりが実際のことだったのであれば、普通人はもとより、まして社会的立場をすでに得ている者の不安は極めて大きかったに違いない。

実際、セリーナ・ヘイスティングスの伝記『サマセット・モームの秘められた生涯』によれば、モームも人気作家の地位を確立し、またフレデリックもすでに枢要な地位にあった一九二〇年代、彼は弟の同性愛についてスコットランドヤードから内々に忠告を受けていたということだ。[6] それはロンドンにおいてウィリーがこの性向を控えないとこれ以上見て見ぬふりをすることができなくなるというものだったという。フレデリックはこの時点で、法曹界のエリート街道を歩み、地歩を固めつつあったころであり、この話は自分の現在の立場にかんがみれば、身内の大変なスキャンダルにつながることとして由々しき問題であったのは間違いないし、また、モーム本人としても作家人生を失いかねない恐怖を感じたであろう。この密かな勧告を巡って兄弟間でどのようなやり取りがあったかは想像するしかないが、そうした秘められたいきさつもともとの性格や職業観の相違から来る不和を必要以上に増幅させたと思われる。

前述した「蟻とキリギリス」においても弟トムのことを一度刑務所に行きかけたことがある(Once Tom nearly went to prison) として以下のように述べている。

> George was terribly upset. He went into the whole discreditable affair. Really Tom had gone too far. He had been wild, thoughtless, and selfish, but he had never done anything dishonest, by which George meant illegal; And if he were prosecuted he would assuredly be convicted. But you cannot allow your only brother to go to gaol. (p. 119)

ジョージはすっかり動転した。彼はつぶさにこの不面目な事件を調べてみた。たしかにトムはやりすぎた。彼はこれまでずっと無鉄砲で思慮浅く、そして身勝手であった。しかし彼は不正直なことはしなかったし、ジョージから見て法律違反の悪事とは言えなかった。それでも、もしトムが告訴されたら有罪宣告をうけることは間違いない。しかし、たった一人の兄弟を刑務所行きにすることなどできるわけはない。

この作品はスコットランドヤードからの内々の勧告を踏まえていると見ることもできそうだし、そうでないにしても、兄弟が常々抱いている不安を背景にしていると読むのは自然なように見える。また、トムのしたことは身勝手であっても犯罪ではない……とわざわざ断っているあたり、モーム本人の公然とは言えない本音がうかがえるようでもある。

そのように作品の背後に潜むものを想像するとき、結局、"The Happy Couple"「幸福な二人」に込められたのは、モーム自身の人間性と志向に理解を示さない独善的な兄への批判ではなかろうか。

この作品の初出は一九四三年であり、モームは六九歳、兄フレデリックは七十七歳を迎えようというころで、すでに二人とも功成り名遂げた立場といえようが、この年齢に達してもお互いの溝は埋まることがなかったということであろう。九一歳の長寿を全うしたフレデリックも自伝をしたためているが、その中で弟ウィリー触れているのはごくわずかであるという。"The Happy Couple"「幸福な二人」の最後の一節の会話は次のとおりである。

'Human nature is very odd, isn't it'

'Very' said Landon, helping himself to another glass of brandy.

「人間の本性というのは実に奇妙なものですな」というわたしの問いかけに対し、ランドンは「いかにも」と答えてもう一杯ブランデーを手にするわけであるが、このつぶやきと返事の間に、ランドン＝フレデリックと弟ウィリーの間に横たわる超え難い深淵の意味を読み取るのはいきすぎと思われるだろうか。

視点を変えると、最愛の母を幼くして失った後、モームは血のつながった肉親の情愛をほとんど感ずることなく生涯を終えたのではないかと思ってしまう。そうであれば淋しいことである。死別した母イーディスの写真を終生手放さなかったのもそれが唯一のよりどころであった裏返しともいえる。彼のあまたの巧みなストーリー作品にはそうした苦みのような感情が人知れず隠し味となっているのかもしれない。

五　“The outstation”「奥地駐屯所」

この作品はすでに戦前に邦訳されており、モーム短編としては最も早く紹介されていると聞く。数ある短編の中でよく知られたものの一つでもあり、とりわけ東南アジアの英国植民地を舞台とした作品の中では後に取り上げる「手紙」とならび、もっともすぐれた部類に入ると思われる。

作品の中身に入る前に（要旨末尾添付）、周知のごとく、歴史的には東南アジアも他世界同様、植民地としてイギリスはじめ列強の支配するところとなったのであるが、これについて日本人の目から見たときにどのような観察がなされていただろうか。

この作品をさらに遡って約半世紀も前であるが、明治四年からアメリカ・ヨーロッパを二年近くもかけて回り、その後の文明開化につながる一大デレゲーションであった岩倉視察団の記録である『米欧回覧実記』には、近代西欧文明の状況をつぶさに見てきた内容が記されている。現代にはいささか読みにくいカナ交じり漢文調であるが、この長大な見聞録はまさにエンサイクロペディアというべき質量であるとともに、注目すべきはそこには欧米文明の絶対的優位性を認識しつつも、社会状況に対するするどい洞察が伴っているところにもある。その『実記』最後の部分[1]にあたるが、すでに長い時間をかけて欧州文明社会の状況を知悉したうえで、視察団がマルセイユから乗船し、インド・東南アジアを経由して帰国する途中の見聞として以下のようなものが目を引く。

まず、東南アジア植民地については

「弱ノ肉ハ強ノ食、欧州人ノ遠航ノ業起リシトキヨリ、熱帯ノ弱国、ミナ其争ヒ喰フ所トナリ」と、特にスペイン・ポルトガル・オランダをあげて現地収奪においての「土人」に対する態度が苛烈であったと指摘している。

つづいて、マルセイユから帰国の船上で観た欧州人の生態は、「一船ミナ白皙赤髯ノ航客ナレドモ、亦欧洲本土ノ景況ニアラス、挙動粗忽ニテ、言語人ヲ侮慢シ、高笑ヲ発シ、婦人ニ狎レ、細故ヲ怒リ、暴言ヲ吐クモノ半ニオル、是ミナ本国ニアリテ、小人ノ行ニシテ恥ル所タリ、」というように欧洲本土における〝紳士〟には見られないような行状を観察する。

そして、このような船客に由来するところは「蓋シ、遠航シテ、利ヲ東南洋ニ博取シ、以テ生理トナスモノハ、大抵本国ノ猾徒ニシテ、其無頼無行ナルヲ以テ、郷里ニ斥ケラレ、或イハ刑辟ニ触レテ、人ニ交際ヲ得ザルモノ、多ク出テ利ヲ外国ニ獲ンコトヲ図ル、故ニ東南洋ニ生産ヲ求メルモノハ、大抵文明国ヨリ棄テラレタル民ナリ、其同ク白皙ニテ紅毛ナルヲ以テ、之ヲ文明ノ民ト思ヘバ、時アリテ差謬スル甚タシ、」すなわち東南アジア地域に身を寄せて一旗揚げようという欧州人はたいがい本土からつまはじきにされた過去を持つのであり、彼らについては、母国との比較を込めて、白人だから文明人だと思うのは大いに間違いであると冷静な指摘をしているのである。

ただ、付け加えれば「英人因テ、其轍ヲサケ、寛容ヲ旨トシ、先ンズルニ教育ヲ以テシ、招撫柔遠ノ方ヲ以テ、今日ノ盛大ヲ到セリ、」つまり、英国統治の場合は、スペインやオランダのような轍を踏まず、寛容な方針のもと現地人の教育に努めたことにより、現在の隆盛を築いているとして、その差異を指摘していることは大変興味ぶかい。

モームがシンガポールやマレー半島を旅した一九二〇年代に、その五十年前の記述をそのまま当てはめることはできないにしても、現地英国人社会がさまざまな理由で本国を出た、あるいは出ざるを得なかった人々の集まりであることは基本的に続いていたといえるだろう。モームはそうした植民地における生きざまに刺激されてさまざまな作品を書き上げたわけであるが、彼の興味を引いたのは、現地に暮らすイギリス人の、故郷をある意味で喪失した心理や、まったく異なる風土環境から受ける内的影響ということに加えて、上記の状況が示唆するものは大きいと思われる。すなわち、植民地社会ではさまざまな出自の混交状態が眼前に窺われたであろうし、そうした状況は本土社会とはまた違った人間関係の攪拌を生み、とりわけ階級意識の色濃いイギリス人の観念に由来する葛藤や摩擦が渦巻いていたということであろう。だから、モームが出会った行政官や英国人クラブに集う農園経営者たちの言動や社交面の様相は彼の創作ヒントとしてきわめて豊富な材料を提供してくれたと推察できる。いうなれば一連の〝南海もの〟短編群は、イギリス本国では階層社会ゆえに交わりあうことのない人々の関係が、植民地ゆえに生じたことによる心理状況をモームが鋭敏にとらえることで生まれたともいえる。

そのようなものの見方を踏まえて、この「奥地駐屯所」を読み直してみると、これは出会った瞬間から相通じるもののない二人の男をめぐる不幸で悲劇的な物語であるが、その背景として、上に述べたような植民地に身を置く人間の事情、英国固有の精神形態、そして植民地統治における現地人との関係が作品の基調を形作っているのだ。

登場人物二人の輪郭については、きわめて対照的である。

まず、司政官ウォーバートンであるが、彼は紳士階級に属しイートン、オックスフォード出身というモーム作品にしばしば登場する学歴であり、現在五十四歳。そして、二十数年前にイギリス本土をやむなく出ざるを得なかった一人として描かれている。その理由は遺産を蕩尽しつくしたからで、彼自身は貴族ではないが若いころ十万ポンドという相当な金額の遺贈を受けたことから、貴族階級の人々と交際を広げ、そこに最大の喜びを見出し、プリンス・オヴ・ウェールズをはじめとする著名な貴顕との出会いやエピソードを何よりも誇りに思ってきた。しかし、そうした付き合いを続ける中で気前の良さやギャンブルで金を使い果たし、ボルネオ植民地に移ってきたという過去を持つ。しかし、一面奇妙でもあるが、彼は後悔もしておらず、若いころからの価値観は変わらない。すでに周囲に一人のイギリス人もいない密林の孤独で長い駐在にもかかわらず、一人だけのディナーには正装して臨み、毎日タイムズを欠かさず読み、消息欄での上流階級の婚儀や死亡記事に真っ先に目を通し、昔に交際した貴賓に対してお祝いや哀悼の手紙を送り続けるという人物である。いうなれば、まったく異なる環境において本国紳士のライフスタイルを貫いているのである。

そのような信念の由来するところは着任早々に副官クーパーに語る部分

... believe me, there is no better way to maintain the proper pride which you should have in yourself. When a white man surrenders in the slightest degree to the influences that surround him he very soon loses his self-respect, and when he loses self-respect you may be quite sure the natives will soon cease to respect him.

……わかってもらいたいのは、自分本来の正しいプライドを続けるに勝る道はないということです。白人がわずかでも周囲の状況に染まれば、すぐに自尊心をなくしてしまう、そして自尊心をなくせばすぐに現地人からの尊敬は得られなくなります。

というように、一つは為政者としての差異化の論理を展開する。しかし、また一方では、習慣として毎日タイムズを読むことは

Like his habit of dressing for dinner it was a tie to civilization.

ディナーで正装する習慣と同じく、文明とのきずなであった。

つまり、差異化が外的な論理である一方、本国の紳士生活スタイルは内的な心のよりどころでもあったのである。

一方、行政司法面においてはマレー人に対して寛容に接するとともに、次第に愛着を覚えているという一面を持つ。そこはウォーバートンの個性の部分としても描かれているが、現地統治の考え方について、最初に触れた『実記』の見解は、作品に登場するイギリス人と現地人との、われわれにはなかなか理解しがたい関係も解きほぐす糸口になりそうでもある。

これに対し、赴任してきた三十歳ぐらいのクーパーは、植民地バルバドス生まれで教育もその地でしか受けていない。文中の表現では ill-bred（育ちが悪い）である。服装にかまわず、会話も礼節を欠く。パブリック・スクール出身者に対する反感が強く、人脈もないことから第一

次大戦中は将校にもなれず一兵卒のままであった。そうした経歴もあって、能力は高いものの、内心は傷つきやすく、自己防衛のためかえって周囲に攻撃的になる性格である。また自身で不遇感を持ちながらも、一方、現地人に対しては人種差別的であり、アフリカ時代はniggerの取り扱い方を熟知していると言い放ち、マレー人も同様とみなして冷酷に接するところから次第に孤立性を高めてゆくのである。

いうなれば、この二人の登場人物は、植民地に寄寓するイギリス人の異なる二つのシンボルであり極端な類型化のようでもある。ウォーバートンのモデルがいたかどうかは別にしても、モームは現地のエリート統治関係者から、コミュニティの中での出自による軋轢や不満についての話とか、本国での過去の華やかな交際の逸話を耳にしていたことは大いに考えられるし、そこにスノッブ性の匂いをかぎ取らないはずもない。クーパーについても、本土生まれでなくパブリック・スクールを毛嫌いしているところなどは、モーム自身の経歴や意識ともいささかではあるが通じる部分もあり、そうした断片を総合して、この二人の人格を創造したとも考えられる。

俗っぽい言い方をすれば、お互い虫が好かなくて一言も口を利かなくなる関係はよくあることだ。今のわれわれの回りにも、会社組織や、あるいは隣家同士でも些細な理由からお互い無視しあうのはときどき見かける光景だろう。人間とはとかくそういう好き嫌いに左右されがちな生き物ではある。しかし、その場合のクッションとして、世の中には二人だけが存在するわけではなく、周囲に自分を理解してくれる知人がいる、あるいはそう思っているところに救いがある。ところが、この舞台は辺境の駐屯所であって、現地英国人コミュニティからも隔絶し、見渡す二百マイルの範囲で白人が二人きりという特異な環境にあり、いわば緩衝材となるものがない。そこでの断絶関係が精神状態に及ぼす影響はまことに深刻なものに違いない。

最初の出会いから始まって、顔を合わせるごとにいくつもの積み重ねが亀裂を招いてゆく。二人がすれ違いそしてささくれ立つ心理の具体的なステップを描くモームの筆の運びにはいつもながら引き込まれるような感覚がある。だが、この作品の場合、ストーリーがおのずと勝手に流れて、相互の軽蔑と憎悪は後戻りできないところまで進んで行くようでもある。それをもたらすものはまさしく題名の"The outstation"「奥地駐屯所」という孤立した舞台設定と、そこに真逆の経歴・人生観を持つ二人を置いたということだろう。すなわちある種の極限における人間心理の実験場が作品化されたとも見做せないだろうか。

そして、両者の対立は、クーパーが、ウォーバートンの最も傷つくところである彼の貴族・著名人志向を容赦なくえぐり、暴言を吐いたことで決定的なものとなる。

'Do you want me to say it again? Snob. Snob.'

もう一度言ってやろうか？　スノッブ野郎。このスノッブ野郎。

上司に対するあるまじき暴言というだけでなく、それにも増してウォーバートンの心を打ちのめしたのは、口論の中で、彼のスノッブ癖が植民地社会の皆の笑いものになっているという事実を知らされたことだった。思えば、ウォーバートンの自慢話というものは、本国上層階級の交際範囲内であれば、折節に苦笑されることはあっても、インナーサークルの同質性の中で担保されていたものである。彼のある意味で純粋な誇りが多相な植民地社会のひがみや劣等感のなかでもみくちゃにされたのである。

ここに至って、最後の手段として、ウォーバートンはクーパーの異動を図り、友人であり植民地司令総監であるテンプルに要請をするがその返事は思いもかけないものだった。返信の手紙の中でクーパーの能力は高く、経歴的にも配慮が必要と述べて、丁寧な装いではあるが異動拒否したうえで

I think you are a little too much inclined to attach importance to a man's social position. You must remember that times have changed.

愚考するに貴下におかれては人の社会的地位を重視するにやや過ぎたるところありと存じ上げ候。時代も移り変わりし旨ご存念下されたく候。

とウォーバートンを柔らかい表現ながらたしなめたのである。拒絶に加えて、同じ階級で名家の出のテンプルに階級意識を諭されたことは決定的なショックであった。それは、クーパーを排除することがかなわず、これからの展望もまったく見えないということだけでなく、当然同じ価値観を持っていると信じていた相手に裏切られたためである。

これからストーリーは殺人〜クーパーの死というクライマックスに向かう。

ところでここでかなり横道にそれるが、書簡の中の times have changed というのは何を指しているのだろうか。

一九二〇年代というのは、第一次大戦を経て大英帝国の陰りが見えていた時期でもある。

そうした時代について、自身の一九三〇年代の留学体験をもとに英国事情を描いて、はじめての一般向けイギリス社会研究であろうといわれる東大英文学教授・松浦嘉一『英国を視る』では以下のような記述がある。(2)

「イギリスが第一次世界大戦のわずか四ヵ年半に支払った国費の総額は、戦前二百五十年間の予算を合わせた金額に相当するといわれている。この莫大な金を払わされたものは、中流と上流の階級であった。

（中略）

大戦前には貴族でもジェントルマンでも〜いずれも大地主であったが〜古くは六頭も八頭もの馬を飼い、馬車が廃れてからは三台も四台もの自動車を持ったものである。とくに良い猟地ならば八頭も十頭もの猟馬を、普通のところでも四、五頭を飼っていた。召使たちも一人の従僕頭に四人の男僕と、十人も十二人もの女中が働いていた。

昔はよく狩りのお客が大ぜい招かれ、それがいつも長逗留、大戦直前にはこれよりももっと金のかかる週末のお客が毎週絶えなかった。

（中略）

今日では、彼らの土地の多くが人手に――多くは実業家や株屋、金融屋などの手に――渡り、縮小した屋敷に以前の豪奢な生活とは比較にならぬ節約生活を営んでいる。自動車は一台だけ、狩りや週末のお客はなくなり、ただ時々少数のお客がやってくるだけ。四人の女中、一人の忠実な従僕頭、しかも彼らのお給金は切り下げられてしまった。」

第一次世界大戦の前と後で、上層階級の富とライフスタイルがどのように変わったかを語る具体的な描写であろう。ウォーバートンの回顧に出てくる華麗な社交も昔日のものとなったのである。第一次大戦のダメージはすべての階層に及ぶにしても、上記のような変化の由来するところは、戦時のみならず、戦後も引き続き高率な累進税や相続税がこの階級にかけられ続けたためであり、「どんな金持ちでも二、三代たつうちには現在の財産はほとんどなくなってしまう」状況に陥ったからであった。(3)

こうした事情については、この短編発表当時のイギリス人読者は肌身に感じていたであろう。今日われわれ日本人読者にそうした認識が乏しいのはやむないにしても、時代状況をそのようなものと踏まえて読み直せば、遠地に会ってなお過去の良き時代に固執するウォーバートンのような存在は一層戯画的に見えないだろうか。

もっとも彼もそのことは意識していないわけではない。小説の初めの部分であるが、クーパーにいったん気を許し、晩餐を共にしながら、あとで決定的に傷つけられるもとになった昔の自慢話の続きの中でウォーバートンは語っている。

'Well, at all events the war has done one good thing for us' he said at last.'It smashed up the power of the aristocracy. The Boer started it, and 1914 put the lid on'

'The great families of England are doomed,' said Mr Warburton with the complacent melancholy of an *emigre* who remembered the court of Louis XV. 'They cannot afford any longer to live in their splendid palaces and their princely hospitality will soon be nothing but a memory.'

「まあ、結局戦争はひとつ良いことをしてくれましたよ」と最後に言った。

「それで貴族階級の力を粉々にしたということです。ボーア戦争がその始まりで、一九一四年の大戦がとどめを刺しました。英国の名門家系はもうおしまいですな。」ウォーバートンはルイ十五世の宮廷を振り返るフランス亡命貴族のように物憂げななつかしさを込めて語った。

「もう豪奢な邸宅の暮らしも夢となり、盛大な饗宴などは単なる記憶だけになるでしょうな。」

ここでいみじくも述べられているように、精神的には彼は時代認識を持ちつつも過去に浸るエミグレ（フランス亡命貴族）そのもののようだ。

この作品は、二人の摩擦から破局に至るまでの心理過程を余すところなく描写するが、いずれにせよ結末としてクーパーの死により、ふたたびウォーバートンには大英帝国の日の名残りに浸る日々が帰ってきた。この物語の続きは誰にでも容易に想像できる。アバスは自首して暫時服役し、その後ウォーバートンの召使としてマナーを再教育されながら慈しまれる。ウォーバートンは唯一の白人でかつ慈愛ある専制者としてこの地をこよなく愛し続けるだろう。彼が本音を語る以下の部分がある。

It seemed to him that the England of today had lost a good deal of what he had loved in the England of his youth. But Borneo remained the same. It was his home now. He meant to remain in service as long as possible, and the hope in his heart was that he would die before at last he was forced to retire.

現在の英国は彼の若き日に愛した英国の多くの部分を失ってしまったと思われた。しかし、ボルネオは変わっていない。今や彼の故郷であった。彼は可能な限り現職にとどまりたかった。そして心の中の願いとしては、リタイアを余儀なくされる前に死を迎えたく思っていたのだ。

言い換えればこれは時間と空間の二つの次元において、もはや手の届かない在りし日の大英帝国についての故郷喪失の物語として読むこともできる。

さて、この短編を読みながら、私の連想したことは上記のようないささか作品と距離を置いた背景俯瞰でもあったが、視点を変えて、読者の立場ではストーリー・テラーとしてのモームの面白さを全然違うところに見出している人のほうが多いだろう。出口ない状況に追い込まれた二人の確執はどちらかが消えない限り終わらないということになるが、その収束としては、クーパーが就寝中にナイフを突き刺されて殺され、それを知ったウォーバートンの歓喜で幕を閉じる。

そこで、これをミステリーと見たときに、犯人はいったい誰なのか。そのような疑問を抱くことはないだろうか。小説では、ウォーバートンが犯人は召使のアバスだと断定して逮捕を命じ、叔父の召使頭にお前もわかっているはずだと述べる（"Tuan Cooper was killed by Abas. You know it as well as I know it."）のであるが、果たしてそうだろうか。召使頭は、アバスはその晩母方の叔父の家にいて外に出ていないと弁明しているのだが。

一方、ウォーバートンの心の中はこの発言の額面通りだったのだろうか。さらにアバスの気持ちを考えたとき、もちろん侮辱・殴打された上に給金を払ってもらえないということの積み重ねで復讐の心理は醸成されているにしても、その恨みだけで強い殺意まで抱くかどうか。あるいは文中ではマレー人の誇りにも言及されているが、それが支配者である英国人に対する殺人という行為にまでつながるのか。

結局、クーパーの存在を抹消したいという最も強い動機を持つのは、いうまでもなくウォーバートンその人に他ならない。そして、二人の状況が変わらない限り、これからも出口のない絶望感を最も強く感じているわけである。したがって、犯人はアバスかもしれないが、我知らず夢遊の中でそのような行為に及んだウォーバートン自身かもしれないと思っても不思議はない。さらに、もしかしたら、ウォーバートンの気持ちを忖度し、彼を尊敬している召使頭が主人の絶望と甥の怒りを込めて代行したのかもしれない。そして単独でなく、召使頭と甥アバスの共同犯行ということも排除できない。まさか縛り首にはしませんですよね、とか、自首させたほうがいいでしょうかという主人と召使頭との会話の中で、今後のアバスの処置と復帰についての一種の黙契が交わされるのは、真相がどこにあるかを暗示していると感じる読者もいるであろう。

そのようなミステリー要素をもって物語を終わらせたのはやはりストーリー・テラーとしてのモームの面目だろう。作家の気持ちになってこの短編をどこで終わらせるかと考えた場合、更迭依頼に対する返信を受け取って、ウォーバートンが現実に打ちのめされるところで区切るというのもありうると思うのだがいかかだろうか。その場合は、これから果てしなく続く二人の絶望感と不吉な未来を予感させ、先の想像は読者にゆだねられる。しかし、それはどちらかというといわゆる〝純文学〟の世界に近づく。その意味で、本編の結末までストーリーを運び、なおかつ謎めいた要素を残したのは、起承転結を重んじ、読者を愉しませる信条のモームらしさゆえというべきでもあり、読者は提供された面白さについて自分の解釈も込めながらそのまま享受すればよいだろう。

【要旨】

（一応以下のように試みたが、原作の密度は濃く、なかなかコンパクトにまとめるのは難しい。原文を読んでもらうに越したことはないという思いではある。）

舞台はボルネオの英国植民地。司政官ウォーパートンは周囲二百マイルにわたる担当領域にただ一人の英国人として、数年もほかの白人と接することがなく奥地を統括してきた。しかし、さすがに単独では政務を賄いきれず、副官を要請し本日着任するのを待っている。とはいえ彼の心は複雑であった。彼は孤独に慣れ、一方マレー人にも愛着を感じてきて、その中で慈愛ある専制者としての立場を続けることに喜びも感じてきていたのだ。

一方、彼は暑い密林地で一人にもかかわらず晩餐には必ず正装して臨み、遅れて配達されてくるタイムズは毎日封を切って読み、昔交際のあった貴賓の消息記事にはかならず祝意や哀悼の手紙を欠かさない。英国紳士スタイルを崩さないことは彼にとって文明とのきずなであった。

というのも、現在五四歳のウォーバートンはイートン・オックスフォード出であるが、若いころ十万ポンドもの遺産を手にして、貴族階級との社交を広げ、その絆をなによりも誇りに思っていたのである。その後、気前が良すぎたり、あるいはギャンブルにはまってほどなく遺産を蕩尽し、やむなく植民地に来たという過去を持つ。しかし、後悔はしておらず、昔を誇るとともに、折に触れてプリンス・オヴ・ウェールズを始めとして貴賓との回顧談を口にする癖もあり、ボルネオにきて二十年過ぎてもそれは変わらない。

到着した副官クーパーを出迎えたときの印象は良いものではなかった。薄汚れた服で言葉も丁寧とは言い難い。しかしともかく、ウォーバートンは副官を官舎に案内し夕食を共にすることとしていつもの正装で迎える。しかし、クーパーは着替えもせず現れ、かえってウォーバートンの仰々しさを内心あざ笑うような態度をとる。会話も弾まず、ウォーバートンはクーパーの出身が植民地バルバドスでたいした教育もないことを冷笑し、片やクーパーは貴族紳士階級に反発する態度を見せるなど、相互に不快で悪印象を抱くが、ともかく仕事の内容と召使の手配などを打ち合わせてその晩餐は終わった。

ただ、着任後ほどなくクーパーが有能であることもわかり、難は現地人に対して差別的・強圧的であるにしても、ウォーバートンとしては公平に接するべく再び夕食に招く。今度は仕立てが悪いながらも正装でやってきたこともあり、一時はお互い打ち解けた気分になり、ウォーバートンはそのうちすっかり気を許して、得意である一流貴族との過去の逸話をいろいろ披露してしまう。だが、クーパーは返すに、そうした紳士階級のスノッブ根性を軽蔑していると、ウォーバートンの最も琴線に触れるところを突いてしまい、許しがたい気分にさせたのだった。

これ以降二人は食事を共にすることはなくなり、散歩もなるべく顔を合わせないようになる。

次の亀裂は、ウォーバートンが三週間ほど奥地へ巡視旅行に行って帰ったときにおこった。

帰ってみると彼の毎日楽しみにしているタイムズがすべて封を切られて乱雑に散らかっていたのだ。クーパーは私信でもなく読みたい記事があったからかまわないと思ったと弁明するが、ウォーバートンにとっては自分の紳士生活スタイルに土足で踏み込まれたような怒りを覚える。クーパーにしてみればこの程度のことで怒る上司が理解できず、反発し無作法な態度で去る。ウォーバートンはもう許さぬと心に決めるのだった。

そのうちクーパーは使用人たちとトラブルを起こす。ウォーバートンが推薦したアバスという自分の召使頭の甥にあたる青年や、ほかの使用人もクーパーの扱いぶりに嫌気がさして官舎を去ってしまう。聞きつけたウォーバートンはイギリス支配の体面上それを許さず、戻るよう指示し、クーパーにも注意するが、彼はその上司の采配がかえって自分を陥れるものだと思い、憎悪感を抱くだけだった。結局、彼のもとに何とかとどまったのはアバスだけで、それも指示を受け嫌々ながらであった。

二人の交際は絶たれ、お互い激しい敵意と反目が続く中、ウォーバートンはクーパーの揚げ足をとるチャンスを待っていて、ついにその機会が来た。彼の所管である服役者労務において、規則を超えた過剰時間労働を命じていたことを知ったウォーバートンは取り消し命令を出す。自分の知らないところで頭ごなしに処置されたことで、クーパーは激怒しウォーバートンに激しく詰め寄る。「初めから出自や学歴のせいで自分を嫌っていたのだろう、スノッブ野郎、このスノッブ野郎」と罵倒し、さらに彼の自慢話癖は植民地全体の笑いものになっていると知らしめるのだった。この言葉は彼の急所を突き、屈辱感と怒りにふるえる。

もはやクーパーを転任させる以外ないと、ウォーバートンは長年友人でもある植民地総監にその旨手紙を出すが、帰ってきた返事は思いもかけないものだった。それは、クーパーの無作法なることは承知するも有能であり機会を与える必要があること、さらに貴下はいささか人の社会的地位にこだわりすぎで、時代も変わっていることから、留意されたしという内容で、拒否の意味は明らかであった。さらなる打撃にウォーバートンは打ちのめされる。それは、名家の出で価値観も同じはずの人間すら自分をスノッブとみなしていること、もはや自分の住む世界は過去のものとなった絶望感からであった。

ここでクーパーの異動がかなわぬことを知った召使頭が主人のウォーバートンに、このままではよくないことが起きるのではと懸念を伝える。それは、ただ一人残ったアバスに対するクーパーの接し方が度を過ぎており、そのうえ給金も払わないというものだった。それを聞いて、誇り高いマレー人の性格を熟知しているウォーバートンには、ナイフを突き立てられて死んでいるクーパーの姿が浮かび、心臓の鼓動が早まる。それは潜在的な願望でもあった。だが、上司としての義務上警告は必要だと思いなおし、クーパーを呼んで注意するも、さらなる反発を招くだけであった。これに対しウォーバートンは伝えるべきことは伝えたと冷たく突き放す。

それから幾月か二人はお互いを黙殺し言葉を交わさず、それぞれ神経を病む日が続いた。しかしついに破局が訪れる。それはクーパーがアバスに対し窃盗の嫌疑をかけて罵倒し、それを否定して給金を要求するアバスを殴打したことだった。アバスは去り、クーパーもやりすぎたと後悔し不安になるが、すべてはウォーバートンの自分の出自に対する軽蔑から出たことだとして相談もせず、一方、召使頭からその報告を受けたウォーバートンは今一度諭すことも頭に浮かぶものの、所詮自ら招いたことでもはや自分に責任はないとして結局向き合わずに放置する。

その晩は不吉な夜だった。ウォーバートンは眠れず、また悲鳴を聞いたような夢を見た。朝に呼び起こされて駆けつけると、クーパーは短剣を突き立てられて冷たくなっていた。その刹那、ウォーバートンには震えるような歓喜が沸き上がる一方、即刻、アバスの逮捕を命じる。それに対し、召使頭は、アバスは昨夜母方の叔父の家を出ておらず証人もいるということを告げるが、殺したのはアバスでお前もわかっているはずだとウォーバートンは返す。しかし続いて、まさか縛り首にするのではないでしょうねと尋ねられると、一瞬ためらい、お互いチラリと眼を交わす。そして怒らせる理由は十分あるので、ある期間の服役はやむないが、そのあとは自分の召使として再教育しようと述べる。さらに自首したほうがいいかという問いかけにはそれが賢明だと答える。

さわやかな気分で朝食をとり、いつものようにタイムズに目を通すとその消息欄に昔の知人を発見し、お祝いの手紙を出さねばと考える。そして思う。アバスはいい家令になるだろう。それにしてもクーパーの馬鹿めが、と。

六　“The Letter”「手紙」〜その一

モームの短編としては「雨」「赤毛」とならび、この作品“The Letter”「手紙」を代表作として推す声は多く聞かれる。その見方には私も全く異論ない。そのような前提の下で、この短編の魅力を自分なりに語ってみたいというのが本稿の趣旨である。ところで、いつも原文を読みながら要旨をつくることで骨格を自分なりに整理し、そこを出発点とするのだが、今までと違ってこの作品についてはそのプロセスが適当なものか逡巡するものがある。自分の迷いはどこから来るのか、それも追いながらアウトプットにつながれば良いと思う。

いずれにせよまずは要約を試みよう。

シンガポールは様々な人種の交錯する場であるが、ジョイス弁護士はそこにある法律事務所の代表パートナーである。そのオフィスに長年の友人でゴム農園を経営するロバート・クロスビーが憔悴した様子で訪れ、シンガポール中の話題をさらっており、彼の妻レズリーが当事者である殺人事件について憤懣を述べる。クロスビーは、妻はもともと優しい女で、今度の行為は害虫を駆除したようなものだと主張する。それは正当防衛であるにもかかわらず拘束されて裁判を待っている、愛する妻に対するいたたまれない気持からであった。

ジョイス弁護士は、レズリーが人を殺したことを認めている限り法に基づいて裁判は免れないが、陪審も判事も正当防衛で無罪と思っているのは明らかだから判決まで我慢するように諭す一方で、一つだけ争点になるかもしれない疑念も述べる。それはレズリーが相手の男に対し、自己防衛のためとはいえ弾倉を空にするまで六発発砲しているということであった。一発だけであればまだしも、全弾しかも至近距離から撃ち、四発が命中しているからには鋭い検事であればそこを突いてくる可能性はあるというものだ。

ジョイスはクロスビーを返した後、裁判に向けてあらためて事件の内容を振り返る。

事件というのは、クロスビーが仕事でシンガポールに行き不在の夜に起きた。レズリーが現地人の召使たちも返して夜一人で農園の居宅にいると、かねてから知人でテニスなどの交流はあったものの、最近は接触のない近隣の農園主ハモンドが事前の連絡なく訪ねてきた。車の音も聞こえなかったが邪魔にならないように離れたところに止めてきたという。しばらくは、警戒しながらも通常の社交的なやり取りをしていたが、ハモンドは次第にレズリーに迫り出し、かねてから愛していたことを告げ、ついには欲情をたぎらせてわがものにと襲いかかり寝室に引きずり込もうとする。レズリーはこれに激しく抵抗し、一瞬のすきを見て用心のため置いてあった拳銃でハモンドに対し発砲して死に至らしめたというものであった。

その裁判を控えた前日、事務所の法律見習いであるが、英語も堪能で極めて頭脳明晰と評価している中国人オン・チーセン（王智深）が内々の話があるとジョイスに告げる。

その話というのはオンの知人が、まさに事件の当日に、レズリーが殺されたハモンドに対して送った手紙を持っているというものであった。疑うジョイス弁護士に対し、オンはその写しをみせる。それは、夫は今晩不在であること。だからどうしても来てほしく、自分はもう耐えられないという趣旨の内容であった。

オリジナルはどこにあると問いただすジョイスに、それはハモンドが同棲していた中国人の愛人の下にあること、そしてこの手紙の価値を中国人の知人はよくわかっており、裁判の様相はこの手紙により一変するだろうと示唆する。慇懃で礼節を欠かさず、弁護人の立場から先生にお知らせする必要があったと述べるオンであるが、その意図が金目当てのゆすりにあることは明らかであった。

ジョイス弁護士は熟慮の上、手紙の写しを持ってレズリーに面会することにした。レズリーは三十を越したばかりであるが、育ちの良さと奥ゆかしさを感じさせる淑女であって、拘置されている今でもその品性は変わらぬものがあった。

ジョイスは慎重に話を進める。そもそもこの数カ月ハモンドと接触や交信はなかったというのがレズリーの供述であったからである。ついに手紙のことに触れざるを得なくなったとき、彼女はそれは偽造であり筆跡も違うというが、オリジナルが出てくれば筆跡で明らかになると告げると初めて彼女に動揺が走った。形相も一変する。

なお否認を続けるも、手紙が出てくればそれは死刑につながるものだとジョイスに告げられついに泣き崩れて倒れるものの、驚くべきことに、ほどなく平静さを取り戻し、手紙を手に入れることはできないかと問いかける。そして夫は自分を愛していること、自分のためには金を惜しまないはずと示唆する。

ジョイスは真相を知ってしまい、法の職務に携わっている身として逡巡するが、どうせ死んだハモンドは生き返ってこないということ、また自分もイギリスを離れて久しく、東南アジアで長年過ごせば価値観も変わると言い聞かせて腹を固める。

オフィスに帰ってきたジョイスが何をしていたか、オンにはお見通しであった。慇懃な装いを崩さず、オンはいかが計らいますかと駆け引きを始める。ジョイスが手紙の価値を否定するような態度をとれば、では正義に基づいて検察に提供しましょうかと迫る。さりげなくいくらだと話を持ちかけると一万ドルという途方もない金額を提示するとともに、クロスビーの資産状況も正確に把握しており減額交渉は無駄だと知らしめるのであった。

ここに至って、ジョイスはクロスビーに改めて会い、手紙の存在を告げる。しかし、核心は避けて、レズリーは供述のつじつまが合わなくなることから当日手紙を出したとは言えなくなったこと、中味は夫にサプライズのプレゼントをするための相談の趣旨だと説明したうえで、ともかく手紙を取り戻すことが喫緊であるが、それには一万ドルという大金が必要と述べる。クロスビーはあまり勘の鋭くない人間であったが、手紙を回収しなければならない必要性は理解して、妻を愛するがためにほぼ全財産に当たる一万ドルを、ともかくその日に用意し、ジョイスとともに受け渡しに向かう。場所は中国人の愛人の住まいである陋屋であった。そこで手引きしたオンと相手方に金を渡し手紙を受け取る。取引が終わった後、オンはジョイスになにかお申しつけがありますかと丁寧に尋ねるが、それはここに残って自分の分け前を受け取るつもりのための念押しであることは明らかであった。ジョイスは、クロスビーが真実を知ってしまわないよう、手紙は自分で保持しようというも、クロスビーは自分の大金で得たものだと拒否する。

裁判は予想通り、時間もかけずに結審し、評決無罪であった。

放免の後、クロスビー夫妻は、ジョイスの家にとりあえず身を寄せる。何も知らぬジョイス夫人は身の上と心労を気遣ってここで二人ともゆっくりするように勧めるが、夫ロバートはすぐに農園に戻らねばならないので、これから先どうするか決めるまで妻をよろしく頼むと言い残して去る。

ジョイス夫人が寝室の支度をしている間、ジョイスと二人になるが、夫を見送って戻ってきたレズリーの手元にはその手紙が残されていた。夫が知ってしまったことを自覚し、レズリーは真実を初めて語る。

それは、ハモンドと自分は長らく愛人関係であり、夫の不在の機会に密会を重ねていたこと、最近ハモンドが次第に冷たくなっていさかいが絶えなくなり、ついにその晩その日どうしようもない気持にかられて呼び出しをしたとき、自分の想いは中国人の愛人だけにあって、レズリーはただの遊び相手以上でもなく、まして今は嫌悪の対象に過ぎないと告げられて逆上して発砲し、さらに倒れた上にのしかかって全弾を打ち込んだというものであった。

この告白をするときのレズリーの顔はゆがんで人間とは思えなかった。

だが、ジョイス夫人が休息の用意ができたと呼びかけると、あたかもしわくちゃの紙がもとにもどるようにレズリーの顔面は次第に淑女のそれに還り、微笑しながらただいままいりますと告げるのだった。

この作品はモームファンにはよく知られたものであるから、内容を熟知している人も多いだろう。また、梗概ではその醍醐味をなかなか伝えられないということに同意される方もおられるのではないか。私自身、英語のオリジナルを繰り返し読むたびに思うことは、ひとつは何回読んでも引き込まれること、それと、この短編は個人個人の英語理解力には差があるにしても、ともかく原文で読まねば迫力をなかなか玩味できないだろうということであった。ではほかの作品とどう違うのか。

そう思案していて、たどりついた一つの結論はこの作品の魅力がプロットやストーリーそしてミステリー要素にあることはもちろんながら、主に会話を通じて主要登場人物のキャラクターがきわめて迫真性を持って形作られること、そしてそれを生み出す会話内容や描写が断然優れているということだ。それはもちろんモームの技量に他ならないが、やや離れて客観的な見方をすれば「英語表現」のインパクトにもあるのではと思うに至った。

そこで、代表作であることから先達の優れた訳もいろいろあるのだが、「英語表現」のところにフォーカスするため、あえて今回は部分部分において拙訳を試みながら、自分なりに感じるこの作品の魅力を明らかにしてみたい。ただ、表現をどう受けとめるかということについては、あくまで読み手の力量とともに文化的背景にも左右されるのではとも感じる。やや抽象的な言い方をしたが、要するに日本人の自分はおそらく英語ネイティブの読者と相当違うところに引っかかっているかもしれないが、それもまたよしとしてみようということである。

先に述べた主要登場人物とはレズリー、ジョイス、そしてオンの三人のことである。そしてジョイスとレズリーの一対一、ジョイスとオン一対一の会話がこの小説の焦点であり、それぞれの個性と関係性をあざやかに浮き彫りにしている。

問題の手紙の内容をまず掲げて見ると

R will be away for the night. I absolutely must see you. I shall expect you at eleven. I am desperate, and if you don't come I won't answer for the consequences. Don't drive up. —L.

R（ロバート）は今晩出かけて不在です。どうしても会いたいの。一一時に待っているわ。もうたまらない気持です。もし来なかったらどうなるか知りませんから。車は家のそばまでつけないで頂戴。L（レズリー）

事件は要旨に触れたとおり、人妻レズリーが自宅に一人でいる折、深夜に突然来訪してきた男ハモンドに襲われ防衛のため拳銃で撃ち殺害したというもので、この世界の英国人社会ではだれもが正当防衛として無罪放免の判決が出ると思っている。しかし、この手紙がレズリーの自筆で実在しかつ事件の当日届けられたものとしたら、二人の関係を含めてその内容と意味は容易に推測できるとともに、その晩ハモンドはレズリーからの常軌ならぬ誘いにより来たわけであり、事態は一変することになる。

手紙の存在は弁護士ジョイスに対して法曹見習いの中国人オンから明かされるのであるが、その導入部分からこの作品のサスペンス性が盛り上がってゆく。

オンはボスであるジョイスに内々の話があると慇懃に持ち掛ける。

'The matter on which I desire to speak to you, sir, is delicate and confidential.'

お話ししたく存じますことは、先生、デリケートで内密のことでございます。

'A circumstance has come to my knowledge, sir, which seems to me to put a different complexion on it.'

ある状況が私の知るところとなりまして、先生、それが事件の違う様相をもたらすものと思われるのですが。

'It has come to my knowledge, sir, that there is a letter in existence from the defendant to the unfortunate victim of the tragedy.'

私の知るところとなりましたのは、先生、被告人からこの惨撃の不幸な犠牲者にあてた手紙が存在するということでございまして。

表現はいかにも完璧なエリート英語である。オンはおそらくモーム作品の中であらわれる唯一の高い知性を兼ね備えた東洋人であろう。東洋人には苦手なLとRの発音を除けば完璧な紳士階級英語をあやつり、頭脳明晰であることが、この冒頭部分だけでも明瞭である。

そして、お気づきのようにオンの発言にはすべて sir という敬称が中途に挟まっている。ここに例示しなかった会話もすべてしかり。[1] これは目上の紳士階級に対する敬意表現としては自然なものであろうが、この場合は回数を重ねるごとに慇懃さから離れ、かえって挑戦とあざけりの意味合いが感じられてきて、それがサスペンス要素のひとつにもなっているようだ。またこの最初の時点で the unfortunate victim「不幸な犠牲者」と意図的な暗示も込められているのは見逃せない。

彼がそのような丁寧・慇懃な表現でジョイスと話を重ねていくうちに、それは次第に決然たる内意を宿したゆすりであるとともに、オンの、交渉術にもたけ、不遜な意図と野心に燃えている冷徹な性格が読者にひしひしと伝わってくるのだ。さらに見方によっては、私利私欲もさることながら、中国人にして「法」というヨーロッパ由来の概念を身に着けた立場でありつつも、恐喝行為を通じて、植民地の支配者であるイギリスとその象徴である「法」に対する反感を内包しているようにも見えてくるのである。それが当時のイギリス人読者にどう感じられたかはわからないが、われわれとして原文を読むときにそのような印象を受けないだろうか。

これに対するジョイスもプロフェッショナルの法律家としての面目を示す。手紙の写しを見せられた後、いくつかの質疑だけでその背景と意図を察知し、二人のやりとりは第一段階まずここで締めくくられる。

For a moment neither of them spoke. Indeed everything had been said and each understood the other perfectly.
'I'm obliged to you, Chi Seng. I will give the matter my consideration'
'Very good, sir. Do you wish me to make a communication to that effect to my friend?'
'I dare say it would be as well if you kept in touch with him,' Mr Joyce Answered with gravity.
'Yes, sir'

暫時、どちらも無言であった。実際、すべてのことは話し終わって、お互い相手の腹は完璧にわかったのだ。

「情報には感謝するよ、チー・セン、この問題は考慮してみることとしよう」

「承りました、先生。私の友人にはその旨連絡したほうがよろしいでしょうか」

「その人とは接触を保っていたほうがいいだろう」ジョイスは重々しく言った。

「かしこまりました、先生」

まるで、依頼を受けた法律案件を上司部下が打ち合わせするかのごとくのやり取りであるが、この会話からだけでも両者の格闘が伝わってくるようであり、緊張感を高めるとともに、知的水準の高さとジョイスの判断力が並のものでないことを感じさせる。それが二人の使う、格式張って丁寧な会話表現の効果でもあろう。

二番目のハイライトはこの手紙の話を受けて、ジョイスが、拘置されているレズリーに面会する場面である。原文で七〜八ページぐらいのものであるが、サスペンス性を膨らませる白眉の部分であるとともに二人の心理変化の叙述が秀逸である。

すでに、レズリーの筆跡ではないものの、ジョイス弁護士は写しの手紙の内容から彼女の供述を疑うとともに、真相を看破してしまっている。しかし、自分は夫クロスビーの友人であることに加えて弁護依頼を受諾している状況にあることが立場を複雑にしている。

まず、当たり障りのないやりとりがあるが、そこで描かれるのは拘置中にもかかわらずレズリーの日常と変わらぬ平静さである。しかし、これは逆にレズリーが非日常にあっても動ぜぬ極めて強い性格であることも示している。いよいよ、手紙のことについてジョイスが切り出す。

'And you haven't written to him?'　（では手紙を送ってはいないのですね？）

'Oh, no'　（ええ、していません）

'Are you quite sure of that?'（本当に確かですか？）

そして、ハモンドとの関係について、レズリーはもともと通り一遍の付き合いで最近は接触もないと述べるのだが

'Are you quite certain that was all?'（本当にそれだけですか？）

と畳みかける。ここから先はレズリーとジョイスのお互いに腹を探りながらの緊迫した攻防となる。ジョイスは確実にレズリーの弁明を崩してゆくとともに、レズリーはジョイスがどこまで真相を知っているかを値踏みしながら少しずつ譲歩を重ねてゆくが、焦点となる問題の手紙の存在を告げられても、自筆でないこと、日付もなく昔のものかもしれないことなどとかわして絶対に認めようとしない。しかし、弁護士に手紙の本物があらわれれば、レズリー本人の筆跡であることを証明するのは容易で、かつ使用人に尋問すれば事件当日届けられたことは明らかになると指摘されて、ついに動揺し始める。その証拠が何を意味するか、すなわち死刑判決につながることをジョイスが示唆すると、レズリーはここに至って恐怖におののき泣き崩れて気を失う。

しかし、驚くべきはそのあとであった。彼女はほどなく助け起こされた後、再び自制心を取り戻し言う。

… She sat down wearily.
'Don't talk to me for a minute or two,' she said.
'Very well'
When, at last she spoke it was to say something which he did not expect. She gave a little sigh.
'I am afraid I've made rather a mess of things, she said.
He did not answer, and once more there was a silence.
'Isn't it possible to get hold of the letter' she said at last.

……彼女は疲れたように腰を下ろした。

「一、二分話しかけないでくださいますか」

「よろしいでしょう」

ようやく彼女が話したとき、それは予期していなかったものだった。小さくため息をついた。

「どうもまずいことをしたものですわ。」

彼は答えず、今いちど沈黙がおとずれた。

ついに彼女は「その手紙を手に入れることはできませんでしょうか」と言った。

この一、二分にわたる二回の沈黙の中に、極めて雄弁なまでにそれぞれの心の動きが察知できる。しかし、これは映画や舞台劇では、構成上それだけの間をとることはできなくて、小説こその特権でもあるだろう。原著を読みながら読者は眼前に二人を見るようにしてその時間を追体験してはどうだろうか。

そしてとうとう切り出したセリフは今まで否認してきた犯罪行為を実質的に認めたことに他ならないばかりか、それにとどまらず、一気に顧問弁護士を共犯にまで引き込むような大胆な物言いであって、今まで内気な淑女の仮面に隠されてきたレズリーの別人格が現れる。しかも、それは沈黙の間にジョイスの内心をすでに読み取ったうえでの示唆でもあるのだ。

もちろんこの頼みは法曹関係者の立場[2]からすれば職務倫理に真っ向から相反するものだ。ジョイスはまっとうな倫理をまず示す。

'Do you think it's so simple as all that to secure possession of an unwelcome piece of evidence? It's no different from suborning a witness. You have no right to make any such suggestion to me.'

自分に不利な証拠物を取得するのがそんな単純なことだと思いますか? それは証人を買収することと何ら変わらないのですよ。そのような示唆を私にする道理はないでしょう。

そういいながら、そうする気がなければこの話は持ち出すことはなかったと一方で語るのは、弁護人の立場であるがゆえの義務感も背景にはあるものの、内々の意思も固めていたからである。ジョイスは不正行為に手を染めることについて自分自身を納得させているが、その理屈は三つ示されている。

① このまま見放せばレズリーの涙のまなざしに一生悩まされるだろう。
② どうせハモンドは生き返らない。
③ そして、自身も東洋に暮らして長く、倫理観念も二十年前と今は違う。

この場面はレズリー以上にジョイスの心の動きが焦点でもあり、この作品の主人公はある意味でジョイスであるといってもいいかもしれない。また、レズリーとの会話はジョイスが主導しているとともに、結局①のところでレズリーの二重人格に実は踊らされているという複雑な運びを描いているのだ。

②も考えてみればヨーロッパ近代観念である「正義」を放棄するにひとしいことだ。また③の理由付けはあらためて文明観の対立を内包するような印象をうける。モームの意図とは離れるかもしれないが、広く考えれば西洋的な「法」の支配という規範がそのまま東洋に適用できるものかという問いかけにも見える。このところは実際にモームがシンガポールやボルネオを旅行していて、現地のイギリス人から感じ取った駐在者意識の微妙な変化の匂いを映し出しているのかもしれない。

そしてつづく第三の対決部分として、全貌を知ってオフィスに戻ったジョイスは再びオンと対峙する。その間合いのはかり方はあたかも剣豪同士のそれの如くである。

まず、ジョイスはオンの本件に対するほのめかしに対し、そもそもたいした話でもなく忘れていたかのように、手紙はクロスビー夫人にも確かめたが出してはいないし写しもにせ物だと、その重要性を否定するそぶりをしてみるのだ。

これに対し、オンは

'In that case, sir, I suppose there would be no objection if my fliend[3] delivered the letter to the Deputy Public Prosecutor.'

'None. But, I don't see what good that would do your friend.'

'My fliend, sir, thought it was his duty in the interest of justice.'

'I am the last man in the world to interfere with anyone who wishes to do his duty, Chi Seng.'

The eyes of the lawyer and of the Chinese clerk met. Not the shadow of a smile hovered lips of either, but they understood each other perfectly.

「そういうことでしたら、先生、もし私の友人が手紙を検察側に渡しても差し支えはございませんね。」

「なかろう。しかし、それが君の友人にとって何の得になるのかね。」

「私の友人といいますのは、先生、正義にかなうことが義務と思っております。」

「義務を果たしたいと思っている人の邪魔をするつもりは私には少しもないがね、チー・

センン。」

弁護士と中国人書記の目が合った。どちらにも微笑の影もなかったが、お互いの胸のうちは完璧にわかっていたのだ。

ここでオンの持ち出す論理も西欧的価値観を逆手に取っている。ここでいう justice「正義」や duty「義務」とは東洋文明にない観念といってもよかろう。その一見普遍性を盾にしながら巧妙な駆け引きを行うのは、西欧論理を完全に取得して言動外見西欧的、内実東洋的であるオンの本質をまことによく表しているではないか。

すこし横道にそれるが、オンは創作中の人物でありその内面は読み手が推測するだけになるが、これほど完璧な教育を受け、頭もよく、そして近い将来、自分の法律事務所を開く道も見えている人間が恐喝に走るのはどういう心理であろうか。大金が確実に入るということに目がくらんだのか。このような行為に走れば、積み上げてきた法律家を目指す人生がとざされるという不安はなかったのか。それとも、裁判が終わったあとも、ジョイスもクロスビー夫妻も自分を追及することはできないという不遜な計算があったのか。さらに、いかに努力しようと、英国人支配の植民地社会の中で事務所を持てたところで、所詮ガラスの天井があって、たかが知れていると悟ったのか。いろいろな要素が絡んでいるかもしれないが、オンの姿は、植民地における上昇志向の現地人の心理も踏まえて、東洋版ジュリアン・ソレルとでもいうべき片鱗を感じさせるものではなかろうか。

さて以上三つのシーンを、会話原文を参照しながら自分なりの解釈と印象を語ってきたつもりである。結局、ジョイスとオンの会話もジョイスとレズリーのそれも、間合いを図りながら手紙の売買という一点に帰着するのだが、その結論をお互い腹に秘めながら進行させるという、緊張感を持たせながらのやりとりの流れを生み出したモームの筆さばきは鮮やかというべきであろう。

この作品はそのように登場人物の会話の行間も読み取りながら玩味することで迫真の面白さを味わえるものだが、もうひとつ決定的な付加価値があって、それはレズリーの二重性を顔の変化描写で詳述するところである。最初の表情の変化は、手紙を渡されて、最初は自分の筆跡でないとか出したことはないと白を切るのだが、再度ジョイスに詰められて読み返したときに

…, and as she read a horrible change came over her. Her colorless face grew dreadful to look at it. It turned green. The flesh seemed on a sudden to fall away and her skin was tightly stretched over the bones. Her lips receded, showing her teeth, so that she had the appearance of making a grimace. She stared at Mr Joyce with eyes that started from their sockets. He was looking at a gibbering death's head.

……読んでいるうちに恐ろしい変化が彼女に起きた。もともと血の気のない表情がみるも恐ろしいものとなって緑色になった。突然、肉が抜け落ちて、皮膚が骨にへばりついたようだった。唇が引いて歯がむき出しとなり、渋面をしているような表情になった。彼女がジョイスを見る目は眼窩から飛び出しているようだった。今見ているのは死人の頭部がざわめいているさまであった。

美女が突然恐ろしい顔に変貌してもはや人間のものとは思えなくなる。まさに怪談にでてくる妖怪か鬼女を彷彿とさせる描写ではなかろうか。それがもともと内気で気高さを感じる女性だからこそ効果は倍増する。つまり一人の女性の肉体の中に二つの人格が存在し、しかも、それが入れ替わるとき形相が一変するのである。

表情の極端な変容についての描写は最後の部分にも出てくる。レズリーがハモンドの愛人だったことを告白する場面は情念に燃えるそれとなる。

It was not a face, it was a gibbering, hideous mask.

それはもはや人間の顔でなかった、それはわけのわからぬつぶやきを発する忌まわしいお面だった。

今度はそれが普段にかえる描写である。

Mrs Closbie's features gradually composed themselves. Those passions, so clearly delineated, were smoothed away as with your hand you would smooth crumpled paper, and in a minute the face was cool and calm and unlined ... She was once more the well-bred and even distinguished woman.

クロスビー夫人の形相は次第に元に戻っていった。あれほど刻み込まれていた情念は、あたかも手でしわくちゃの紙をなでて戻すように消えてゆき、一分もたたないうちに落ち着いて冷静かつ皺のない顔に帰った。……再び育ちの良く、極めて上品とさえ見える女性となったのだ。

この作品はレズリーという女性の二重性を通して人間の不可解性を追及するモームの代表的作品であることはいうまでもないものの、その二重性が言葉や行動のなかで示されるだけでなく、顔面描写の変化を通じてなまなましく迫るところが断然他を圧していると思われる。まさしくこれは視覚的効果にも他ならない。現代の映画であれば、ホラー効果をたっぷり使うところでもあろうが、そのような想像をさせるモームの描写力こそ指摘すべきところだろう。この作品がいろいろな反響を呼んで、舞台劇や映画として以降さまざまなヴァリエーションを生んだこともともまたむべなるかな……と思う。（原文は "The Letter." *Collected Short Stories.* Vol. 4. pp. 368–406. Vintage Classics より引用した。）

七　"The Letter"「手紙」～その二
――演劇・映画と原作小説を比較して

前項を書き終わった後でのことであるが、その最後にも触れたようにオリジナルの小説（一九二四年）が発表されて以降、この作品の人気を反映して舞台化や映画化がなされているものの、まだ自分は観てもおらず、この際、小説だけでなくそれらを含めてもう少し幅を広げてみたいという気になった。

そこでモーム協会のホームページや以前の協会誌をたどってみると、十年ほど前にこの作品をめぐって協会例会でシンポジウムが行われ活発な議論がなされていると知るとともに、三年ほど前に会員の宮川誠氏による劇〝手紙〟の翻訳がなされているというではないか。しかも、それがＷＥＢ上で公開されており自由に手にすることができる。早速、プリントして読んでみたが、英文オリジナルとの比較は私にはできないものの、優れた訳文であると感じるとともに、これ自体モームの手になる脚本として、小説との違いを含めてさまざまな刺激を受けるものであった。

つづいて、映画については、一九二九年と一九四〇年のハリウッド版をはじめ、英語圏以外でもいくつも製作されているとのことであるが、まずは簡単に入手可能な一九四〇年の邦題『月光の女』～ウィリアム・ワイラー監督、ベティ・デイビス主演のＤＶＤを借りてきて三度ほど繰り返して眺めてみた。

その程度の付け焼刃ではあるが、原作の味わいとは離れても、劇脚本や映画における意図の違いやそこから由来する面白さなどにもいろいろ感じることがあったのでこの際触れておきたいと思う。

まず、劇であるが、筋書きの構成は大きく異なっている。冒頭の幕開けはレズリーがハモンドを撃つ場面から始まり、ついで、夫ロバートやジョイスが彼女からの連絡により駆けつけて、発砲したいきさつについて、ハモンドが彼女に性的暴行を加えようとしたため抵抗し思わず一瞬のすきをついて撃ってしまったという事情を述べる場面に続くのである。

この第一幕の構成については、訳者の宮川氏があとがきで、「観客の多くは劇を見る前に小説を読んでいるものとモームは考えていたのだろう。既に犯人を知っている以上、観客の求めているものは単なる犯人捜しのスリラーではないはず、そう考えてこの形を取ったものと思われる。」(1)と指摘している通りであろう。

その点に始まって、いくつか大きな筋書き上の相違はあるのだが、思うに最大の変更点は手紙の回収と金の受け渡しに、小説では二人で向かうのだが、劇ではクロスビーが同行せずジョイスが単独で取引場所に赴くことになっているところだろう。そのいきさつについては、ジョイスはクロスビーに手紙を買い戻す必要を理解させて、買い取る権限を与えてくれるよう依頼はするが、手紙の本当の内容とべらぼうな一万ドルという金額については伏せており、ジョイス弁護士を信頼しているジョイスはそれに何ら疑いもせず同意しているからだ。したがって小説の設定とは違って、クロスビーは真相を知らないまま裁判を迎えるのである。

そういう流れであるので、ジョイスは一万ドルを自分が立て替えて払い、手紙を取り戻したものの、自分の手元に置いたままでクロスビーに見せていない。クロスビーが真相を知らずにすべてが収まるならそれに越したことはないという思いもある。

　裁判が無事に終わった後の場面となる第三幕で、クロスビーはレズリーとジョイスに対して、事件の起きた農園にはもはやレズリーを置いておく気にはなれないし、ちょうどスマトラにいい物件を見つけたのですぐ三万ドルで手を打ってシンガポールを離れようと思うという。しかし、それには手元にあると思っているほぼ全財産の一万ドルをつぎ込まねばならないが、本人は手紙に費やした金額についてまだ知らない。ジョイスも黙って立て替えた一万ドルを負担し続けることはできない。ここに至って、レズリーはジョイスに手紙を見せるように言って、クロスビーは初めて真相を知るのである。

　この変更はもちろん劇としてのクライマックスをこのあとの夫婦であるロバートとレズリーの葛藤場面にフォーカスするためであると思われる。

　ほかに考えられるとしたら、小説の場面のように、よく事態の本質を察知する前に、クロスビーがほぼ全財産である一万ドルをすぐに投げだす決断をすることはやや不自然と思い直したのかもしれない。

　いずれにせよ、そのような構成も含めて、小説中においては脇役であった夫ロバート・クロスビーの心理もよく描かれており、夫ロバートと妻レズリーの間に刹那のうちにあらわれた深淵と、そして二人の今後に続くであろう葛藤に観客がひきつけられる効果となっているのだ。

再び宮川氏の文章を借りよう。「愛するハモンドに捨てられたレズリーだけでなく、レズリーの愛を得られないロバートにも重要な役割を与えることによって、戯曲『手紙』はモーム永遠のテーマ〝自分の愛する人から愛されない者の悲劇性〟をより一層増したのではあるまいか。」

さて、残念ながら過去の劇の演技自体を眼前にすることはできないのであるが、劇脚本を一応心得たうえで、こんどはワイラー映画を見るとまたさまざまな発見があって興は尽きない。まず、冒頭のハモンド射殺の場面から始まって、裁判に至る過程、そして裁判の後のジョイス、レズリー、ロバートのそれぞれの状況をめぐる心理的葛藤はおおむね舞台劇の流れに沿っている。そしてサスペンスドラマとしてはさすが名匠ワイラー作品と思わせる出来だとまずは言っておきたい。

しかし、一方、小説を読んでいるだけに、映画冒頭部分を見ただけで、このベティ・デイビス演じるレズリーの人格はオリジナル小説とも、また、舞台劇とも違うものだと感じた。それはワイラー演出によるレズリーである。

というのは、倒れたハモンドに弾倉を空にするまで発砲を重ねるレズリーは表情も変えず冷静なまでに二、三メートルの距離を置いて撃ち続ける。それは明確かつ冷酷な殺意を持った女性の姿である。小説ではその場面自体は描かれていないが、想像すれば、倒れた男に覆いかぶさるように狂乱しながら弾を四発撃ち込むレズリーが浮かぶ。もちろん私が言うまでもなくこのような相違は、ワイラーは承知の上であったろうし、あとで述べるように映画における主題にもかかわってくるポイントの一つと思われる。

構成の話に入る前に、この映画版 ***The Letter*** を邦題『月光の女』としたのは、まことに当を得たものと感じた。

この白黒映画には、それゆえかえって冴えた月光と、それに照らされたレズリーの顔が何回も映し出されるのだが、冒頭の射殺のあとに思わず振り返って月光にさらされるベティ・デイビスの表情は何とも彫が深く印象的だ。また、そのあとも月光の場面では、半分開けた窓のブラインドにより白い部分と影の部分が縞馬模様となってレズリーを照らすのであるが、それが映画の特権としての撮影効果を生む以上に、レズリーの内面を浮き彫りにしてゆくのである。これは、小説でも劇でもできない映画ならではのことであって、いかにもその光と影の部分でワイラーは原作におけるレズリーの二重性を象徴しているのではと思わせる。

さて、小説・劇・映画の三つを比較するとき、筋書きとしてもっとも差異がはっきりしているのは、上記にも触れた手紙の取戻しに行く場の登場人物だと思う。比較すれば次の通りだ。

①　小説　　ジョイスとクロスビー
②　劇　　ジョイス単独
③　映画　　ジョイスとレズリー

③映画ではジョイスに加えてレズリーが同行するのである。小説のストーリーを知っておれば、拘置されているレズリーが行けるはずがないではないかと思うだろうし、自分でもいささか無理あるようにも感じるが、映画では裁判まで弁護士ジョイスの保証の下に彼女が保釈されていて、かつ、手紙の売買についての相手方の条件の一つとして、レズリーを同行させることという注文がつけられている設定となっている。①小説と②劇の相違の理由についてはすでに触れているが、では③映画ではなぜレズリーを登場人物に加えたのだろうか。

もちろんそれは興行上の理由も大きく、主演女優ベティ・デイビスの登場場面を多くするためでもあろう。それはそれで納得できるのであるが、それ以上の理由としてこの映画が原作小説と本質的に違うテーマを有しているからでもあると思う。

原作小説におけるハモンドの愛人である中国人女は“She is a very ignorant woman”（無知な女）とされていて、存在感はほとんどない。しかし、映画においては、純粋中国人でなく混血女性かつハモンドの正式な妻であるという設定で、不気味な無表情を漂わせながらいくつもの場面で現れる。そして、手紙の受け渡しの場面ではレズリーと対峙するのである。しかも登場の仕方も神秘性を強調していて、〝月光の女〟レズリーに遜色ない存在感を見せている。つまり、当時の欧米人観客を想定して、ハモンドの妻の振舞いや衣装はいかにも原始的・東洋的な印象を与えるにしても、単なるたわむれの愛人で捨てられた女であるレズリーに対し、正式な妻であり、復讐の権利を有する立場として描かれているのである。そのあきらかな対決シーンが手紙の受け渡し場面なのである。

そして、その流れが劇とも小説とも全く異なる最終場面に至る。

レズリーと夫ロバートとのやりとりは劇にならって、愛の再確認を求めるロバートに対しレズリーがいったん誓うものの、やはり自分の愛するのはハモンドだと自分を隠しきれない切ないシーンを映し出す。

劇はそこで幕となるのであるが、映画の場合は、ロバートが絶望のあまりに去り、一人になったレズリーが再び煌煌とした月明かりの中で、扉の前に置かれた短剣に気づきながらも、庭に出てゆき身を月光にさらしながら彷徨するうちにハモンドの妻に刺殺されて庭の片隅に横たわる場面で終わる。

すなわち、映画は二重の復讐劇である。自分を裏切った男を明確な殺意の下に殺すレズリーと、さらにそれに対して報復する権利のある女の再復讐劇である。これがオリジナル小説でのレズリーの人格と明らかに異なる所以であるが、それにしてもレズリーが最後に復讐を受けることは自覚しつつも、その危険に身をさらすというのはどのような心理なのか。もともと自分に殺す権利のないハモンドに手をかけてしまったための贖罪意識か、それともロバートとのみせかけの愛情を今後続けることに意味を見出せない絶望感からか、それとも……さまざまな想いを投げかける結末であろう。

主演女優ベティ・デイビスの演技はワイラーの演出に沿って秀逸である。しかし、繰り返せばこれは小説の中で描かれたレズリーではない。小説におけるレズリーを期待する人から見ればおそらくミスキャストともいわれるであろう。あくまで映画のなかのレズリーは“evil”(邪悪)と自身のセリフに出てくるように、強さが前面に出て、小説における内気ではにかみやそして自分自身をコントロールできない狂乱とを同居させたレズリーではないのである。自分が殺される運命に身をゆだねるのもその強さゆえの裏返しでもあり、やはりこれがイギリス映画でなくアメリカ映画ということを思わずにはいられない。

ここでこの稿は終わりにしてもいいのだが、前項で重要な登場人物であるオンの話にだいぶ触れているので、映画でのオン・チーセン(王智深)について追加しておきたい。

一言でいえば、オンの人物像も小説とはだいぶ違っていると感じた次第である。

私が抱いたイメージでは、小説の中のオンは英国流流儀をほぼ完璧に身に着けた中国人で野心家というところ。そして、イギリス人のジョイスに比べ身長は低く見劣りはするものの、所作のところは助手として丁寧ながらも卑屈さを感じさせない存在であろうと思う。また、イギリスの執事がそうであるように雇用者に対し微笑をうかべながら話すはずもないだろう。

それに対し映画の中のオンはつねにうす笑いをうかべて一見追従的な印象がある。その表情はかえってオンのずるさを強調する意味もあるのだが、やはりこの描き方は一九四〇年時点における欧米人から見た東洋人のステレオタイプをイメージしながら演出しているのであろう。

また、私は小説中のジョイスとオンの二回にわたる弁護士事務所でのやりとりは二人の静かな対決として迫真性があると思うのであるが、映画ではジョイスがレズリーと面会した後、部屋から外に出てくると、待ちかまえていたオンが歩きながらジョイスに話しかけ、ジョイスが突き放すようにすると走って追いかけ引き留めたうえで交渉を続けるという動的なシーンになっている。もちろん、この動的な演出は映画としてのカメラワーク特性を生かす意味もあれば、静的なシーンとはまた違うジョイスとオンの交渉過程と心理状況を観客に植え付ける別の効果を生んでいるとも指摘できるだろう。

結局思うことは、小説、劇、映画というそれぞれの表現形態において、受け手に及ぼす効果的方法は異なり、このモーム原作は、それを踏まえて味わえば三倍以上の愉しみを得ることができるのではないだろうかということだ。

前項の小説部分のところで私は、ジョイス・レズリー・オンの三者の組み合わせによる三回の対峙での、会話と、そしてそれだけでなく沈黙の時間が、それぞれの感情の動きを雄弁に物語ると書いたが、繰り返せばこれは小説だからできることであって、一分間の沈黙の時間を舞台劇や映画では当然そのまま取り入れることはできない。その代わりにどのような小説とは違った効果を演出するのかがそれぞれの〝作品〟としての知恵の絞りどころになるわけである。

再三、宮川氏のコメントを借りれば「戯曲『手紙』は、モームお気に入りの女優で当時ロンドンのプレイハウス劇場を経営していたグラディス・クーパー（一八八八―一九七一）[2]に、彼女自らが主役をつとめる演目として、短編小説「手紙」を舞台化するよう頼まれたことで生まれた。そして二月に始まった公演は三三八回のロングランを記録することになる。」とのことである。われわれにはもはや九十年も前になるグラディス・クーパーの演技を見ることはかなわないが、クーパーがモーム小説のどこに触発されて、どのような演技を考えたのか。それは、モーム自身が書き残したまさしく戯曲『手紙』を丁寧に追うことで読み取ることもできるのではないか。なぜなら、モームは自分のオリジナルにこだわらず、役者の意見も取り入れながら柔軟にシナリオを変更していったというからである。ということは、戯曲『手紙』はモームとクーパーの合作であるとみてもよいし、そこから浮かび上がるレズリー像からクーパーの演技を想像するのもまた夢あることではないか……と思うのである。

八　"The Book-bag"「書物袋」

この"The Book-bag"「書物袋」という題名の作品は一九三三年の短編集*The Ah King*『阿慶』の中の一編である。

この短編集には六つの作品が収められているが、いずれもいわゆる「南海もの」、すなわち東南アジアに寄寓するイギリス人のさまざまな人生の断片を描いたもので、発表年的には植民地を舞台とする小説群の締めくくりともいえる。その中でも、この「書物袋」はある意味で特異な位置づけかもしれない。後にあらためて触れるけれども、モームの作品はすべて雑誌に発表し、それを経て短編集として出版されるのが常であるのだが、この短編だけは唯一雑誌掲載が無いままに収録されたというのである。

そもそもこの「書物袋」という表題からして一風変わった印象を受けるし、そこから内容は誰も連想できないだろう。自分自身昔一度読んだことはあるのだが、あらためて読み返してみたときに最初の部分だけではこれからどういう話になるのか思い出せなかったくらいだ。この題名についてモームは何らかの意味を別に込めているのだろうか。そう思ったりもするのだが私にはよくわからない。ともかく書き出しはまさに“The Book-bag”の由来を述べている。それはモームの旅行スタイルに基づくもの。自称読書中毒のモームは過去に旅行中、持参した本を読みつくしてしまって往生したことから、それからは大量の書物を持ち運ぶこととしたと述べている。

Since then I have made a point of travelling with the largest sack made for carrying soiled linen and filling it to the brim with books to suite every possible occasion and every mood. It weighs a ton and strong porters reel under its weight.

それ以来、旅行するときには、もともとリネン用の一番大きい袋にどんな場合や気分でも対応できる本の数々をぎっしりと詰め込んで持ち歩くことにした。その重さは一トンもあり、たくましいポーターたちもその重さによろめくのだった。

この通りとすると、昔の本だから重量を多めに見て仮に一冊一キログラムとしても千冊以上もモームは船旅に持参していたということになりそうだ。

一九五九年に来日したモームについてのエピソードの一つとして、接遇する立場にあった当時丸善社員の栗野博助氏が直接見た話では（カップ・フェラ五号）、東京滞在を終えた後、晩秋の関西旅行に出かけるモームを東京駅のホームで見送ったときに、山のように積んである旅行トランクに驚き、「これが英国流かとも考えた」そうである。当時の長旅であればモームに限らず旅行支度の量はそれなりのものかもしれないが、この日本旅行においても、荷物の中にはもしかしたらトランクに交じって巨大な「書物袋」もあったのかもしれないし、もう袋は使っていなかったとしても荷物のかなりな部分が本だったのだろうと想像させる。いずれにしても、読書家モームの面目をよく表わしているのだが、この作品はそのようなスタイルで東南アジアを旅していた「わたし」（作家＝モーム）が、この大量の書物袋の底から出てきた一冊を相手に貸すことから物語が紡ぎだされるのである。

冒頭部分はそのようなものであるが、一方、この短編はモームの語り口として代表的な特徴を有している。それは旅行者としての「わたし」が、英国植民地を訪れ、そこに駐在あるいは寄寓するイギリス人に打ち明け話を聞かされるというスタイルのもの。このことについてモームは『サミング・アップ』でも触れているし、またこの作品の中でも次のように述べている。

It may seem strange to persons who live in a highly civilized state that he should confide these intimate things to a stranger; it did not seem strange to me. I was used to it. People who live so desperately alone, in the remote places of the earth, find it a relief to tell someone whom in all probability they will never meet again the story that has burdened perhaps for years their waking thoughts and their dreams at night. And I have an inkling that the fact of your being a writer attracts their confidence. They feel that what they tell you will excite your interest in an impersonal way that makes it easier for them to discharge their souls. Besides, as we all know from our experience, it is never unpleasant to talk about oneself.

高度に文明化されたところに住んでいる人にとっては見知らぬ人間に打ち明け話をするというのは奇妙に見えるかもしれない。しかし、わたしには不思議とは思えなかった。そうしたことによく出会ったのである。この地球上のはるか僻遠の地にあって、やりきれぬほど孤独な人びとにとっては、まず二度と会うことがないだろうという相手に、長年自分に重荷となっていた日々の想念や夜に見る夢を語ることはひとつの救いでもあるのだ。さらに、その相手が物書きであることは打ち明け話をしやすくしているのだろうと思われる。語られる内容が当事者でない立場にある作家の興味を掻き立てるだろうと思えば、話すほうにとってはこころの重荷をおろしやすくもなるのだ。それに加えて、誰しもおのれの経験からわかるだろうが、自分自身のことを話すのは決して面白からぬことではないのだ。

この短編もある本をきっかけに打ち明け話を聞くことになるという流れである。マレー半島を旅行中であった「わたし」（作家＝モーム）は三十代の若きエリート植民地官吏フェザーストーンに招待されて彼の駐在地を訪れる。そこで現地スルタンとの面会をこなし、英国人クラブに立ち寄りメンバーとトランプゲームに興じた後、官舎に戻るのだが、フェザーストーンは夜の食事のあと何か読むものをお持ちでないかと「わたし」に尋ねる。そこで「わたし」は持ち歩きのその巨大な袋を指し示して何なりと選ぶように言う。それがまさか書物袋とは知らず、流れ出したあふれんばかりの本に驚くフェザーストーンであったが、その中から取り上げたのは最近刊行されて評判の、詩人『バイロン伝』であった。フェザーストーンは一晩熱心にその伝記を読んだと見えて、翌日、その中に書かれていたバイロンの異母姉とのスキャンダルについて話題を持ち掛けてきた。

'Do you think they were really in love with one another?'

'I suppose so. Isn't it generally believed that she was the only woman he ever genuinely loved?'

二人は本当に恋愛関係だったのでしょうか？
そう思いますな。彼が心底愛したのは彼女だけだったというのが一般的な見方ではないですかな。

この話題に上るバイロンは貴族階級に生まれた情熱詩人として著名であるが、実生活において奔放な女性遍歴を重ね、そしてとりわけ異母姉にあたるオーガスタ・リーとの醜聞により、本国にとどまることができなかったという逸話がある。この流れでフェザーストーンと「わたし」は近親愛についての見方をしばらく交わすのであるがその談議では終わらず、続いてフェザーストーンは昨日英国人クラブで一緒にブリッジをした中の一人であるティム・ハーディのことを覚えているかと聞いてきた。言われて「わたし」もおぼろげながらきれいな手に印象があるその男を思い出すのだが、フェザーストーンは、ハーディとのかかわりについて打ち明け話を始める。

フェザーストーンはハーディとかつて最初の勤務地で知り合い、そして時を経てこの赴任地で再会した。出会ったときティムは一歳違いの姉オリーヴとともにゴム農園を営んでいた。姉弟はイングランド南西部に大きな屋敷を有する旧家の出身であるが両親が離婚したため子供のころは別々に暮らし、両親亡き後、二人でマレーの地に来た。そして財を成したあと旧家を立て直して一緒に暮らすのが夢であるということであった。ティムとオリーヴは容貌もよく似ており、極めて仲睦まじく暮らしていた。フェザーストーンは訪問を重ねるうち姉弟と親密になり、そして魅力的なオリーヴに恋をして結婚を申し込むに至る。しかし、オリーヴはいつも親しく接してはくれるものの、フェザーストーンの求婚に対しては首を縦に振らなかった。

そうした状態が続く中、弟ティムは農園で使う機器購入のためイギリス本国に赴くことになった。ティム不在のあいだもフェザーストーンはたびたび農園を訪れていたが、ある日訪ねるとオリーヴは泣き崩れていた。それは、ティムからの電報の中で、戻りが遅れることを伝えてくるものの、理由ははっきり示していないからでもあった。フェザーストーンはあまり心配しすぎることはないと優しく彼女を聡し、その時はオリーヴも気を取り直す。

しかし、後日ふたたび、オリーヴは激しく動揺していた。それは、弟から手紙を受け取り、その中でイギリスから花嫁を連れ帰ることにしたと書かれていたからであった。フェザーストーンはいずれティムも家庭を持たねばならないし、それは自然なことだと述べて彼女の気持ちを落ち着けようとする一方、残されたオリーヴのことを想いあらためて求婚する。動揺収まらぬオリーヴであったが、真摯なフェザーストーンの気持ちに動かされたと見えてこの時涙しながらも結婚を承諾する。

しかしそれから後のオリーヴの言動は不可解であった。やはり結婚を受け入れることはできないと翻す。やがてティムが花嫁サリーを連れて帰着したとき、オリーヴは駅に迎えに行こうともせずに家で待っているという。そして弟と花嫁が帰宅したときオリーヴは拳銃自殺を図り、数時間後に帰らぬ人となったのだ。その日の晩、悲しみに暮れているフェザーストーンのもとに新妻サリーが駆け込んできた。そしてもうここにはいられない、ティムは自分と結婚する権利などなかったのだ、なんとしても一番早い列車に乗ってイギリスに戻るのでそれまでこの官舎においてほしいと言い張り、最終列車でこの地を去ってしまう。バイロン伝に刺激されて十年前のこのような一部始終を語ったフェザーストーンの顔には翳が差していた。

以上が大まかなストーリーである。

ここに描かれている内容は暗示されているだけとはいえティムとオリーヴの近親相姦をめぐる葛藤であることは誰にでもわかる。姉弟ははた目から見ても仲の良さが際立つほどで、事実禁忌の世界に浸っていたのだが、やがてその立場は変化する。弟のティムが仕事を口実としてイギリスに赴き、オリーヴに知らせることなく花嫁を迎えたということは、この近親愛という異常性を重荷と感じてそこから脱却を試みようとしたものと理解してよいだろう。一方、それに対し姉のオリーヴは弟の気持ちを受け入れることのできない、つまり完全に近親愛に縛られ、人生におけるほかの選択肢は考えられない身であった。そしてティムを独占できなくなったことにより、残された道は自らの命を絶つしかなかったのである。もっとも、オリーヴの自殺の動機についてはいろいろな見方があろうと思う。愛の対象を奪われたことによる純粋な絶望からの衝動的なものなのか、それともティムとサリーの関係を破壊し、弟を取り戻したいという妄執を内在していたのか、あるいはそれに混ざって復讐の心理すら籠められたものなのか、そのあたりについてはいろいろ読み手の推測にゆだねられるところでもあろう。

この物語ではその姉弟をめぐってフェザーストーンと新妻サリーが主要人物となるが、人物評価として自分が感じるのは、この二人に対するモームの冷ややかな視線である。

フェザーストーンはオックスフォード出身の若き誠実な紳士として登場し、オリーヴに対し純粋な愛のもとに礼節ある求婚を幾度も繰り返し、一時はそれもかなう。しかし、なぜオリーヴが当初は渋り続け、そして弟ティムの結婚の報に接して激しく動揺し、その葛藤の中で一度求婚を受け入れるも、またあとで自分は結婚できないと取り消すことになるのか、その心理について全く理解していない。さらに、オリーヴの突然の自殺、そしてサリーの到着一日足らずでの出奔という事態に至ってまで真相に気付かないのはきわめて不可解なほどだ。いわばそのようなことも含めてフェザーストーンは人生経験に乏しく人の心が分からない凡庸で表面的なエリートとして描かれているのである。

また、サリーについても未来に希望のあふれた明るい若い女性としてマレー半島に到着するが、来た当日にオリーヴの自殺という事態に接しその真相を察すると、すぐさまティムのもとから逃れてイギリスに戻ってしまう。ある意味では潔癖な娘であるが、それだけ未熟であり、エゴイスティックな面をさらけ出しているのである。

この二人に比べてみれば、ティムに対するモームの目線はかなり含みを持たせたものといえよう。ティムはオリーヴの死後、所を変えて半島の別の場所の農園に移るのだが、モームはそうしたやりきれない過去を持ち、孤独に生きるティムに対し潜在的な共感を示しているように思われる。

以上のようにこの短編はモームがマレー半島を旅しながら異国に住まうイギリス人の生態や心理を観察しつつ、そうした素材をためておいて後年執筆されたものと一般的には見ることができる。また、すでに述べたフェザーストーンをはじめとして、姉弟を取り巻く人物描写に端的に示されるように、モームらしいシニカルな視線を感じ取ればそれでいい作品と結論付けても良いかもしれない。

ところで、この作品は、冒頭述べたように南海ものの最後の短編集六篇の中のひとつであるが、他の五編の雑誌初出から推察するに執筆されたのはたぶん一九三〇年前後と思われるけれども正確にはわからない。一度自分でもWikipediaで検索してみたことがあるのだが、ほとんどモームの作品について初出年が確認できても、この"The Book-bag"だけは見いだせなかった。何故ならすでにふれたように、モームの短編はまず雑誌に掲載され、その後に短編集として出版されるのが常であるのだが、一二〇篇以上を数える短編の中で、この作品だけは雑誌に載らなかったのである。だから初出年が無いのである。それはなぜかといえば、その当時イギリスでは近親相姦は犯罪として位置付けられていて、それゆえこのテーマに対する世間からの非難を怖れた出版社より雑誌掲載に難色を示されたためであるという。[1]では、それが当時のタブーに触れるのであれば、モームはなぜそれを書いたのか。そしてそのまま没とせずに最終的に短編集には載せたのだろうかという疑問も湧いてくる。

これから先は自分の想像でしかないが、この作品も東南アジアを舞台にしてそこでのリアルな見聞を小説化したかのように装っているけれども、それはあくまで体裁であって、実際はバイロンの近親相姦説にヒントを得て、それを植民地における姉弟の物語として創造したのではないか。

これが書かれた時期はモームが南フランスに大邸宅を構え、ある意味で壮年の充実期といえる。執筆活動も変わらず旺盛である。彼のカップ・フェラにおける日常生活は極めて規則的なもので、朝九時から十二時までは書斎で執筆に専念していたという。書きたい材料とアイデアに尽きることはなく、ストーリーや構成は泉のように湧いてくる。午後はテニスやゴルフなどに勤しみ、夕方からは賓客を招いての晩餐が営まれる。

ただモームの日常はそれだけではない。華やかなカップ・フェラの日々にあって、一方では、同性愛のパートナーであり秘書であるハクストンと同居が実現したが故の悩み多き日々を送っていた頃でもある。伝記によればハクストンのカップ・フェラにおける素行はかなり乱れたものでもあったようだ。酒に溺れ、夜な夜なギャンブルに繰り出し多額の損失を出してはモームにしりぬぐいさせることもあった。また、ほかの同性愛者を追い求めたりもしていたという。そうした行動に及ぶハクストンの心理を推察するに、保護者モームあってこそ金銭的には何不自由ない立場を享受できたものの、片や、隷属的立場ということにやるせなさやみじめさを感じることもあったであろう。一連の乱行はその反動からくるものとも思われるし、自分の別の人生を見つけたいと願う心が湧くこともあったかもしれない。ティムのように。

片やモーム本人にとってはハクストンとはそれこそ離れがたい関係にあり、主人でありながら心理的にはむしろ従属的であったのかもしれない。そのような二人のあいだのもつれに悩まされたモームはその心情を書いて吐き出すことによって昇華せねばならなかったのではないか。以前、代表作長編『人間の絆』を執筆したときの動機もそうであった。その流れで考えたとき、この作品はハクストンとの葛藤の変形であり、同性愛をストレートに取り上げることは避けねばならないため、近親愛という別の異常愛に置き換えたという推測もできると思うのだがいかがだろうか。だとすればオリーヴはモームその人なのだ。雑誌掲載できなかったのにこれを短編集に残した理由もそのあたりにあるとも考えられる。すなわちこの作品はモームのこの時期における自身の心情を強く反映しているがゆえに捨てるに忍びなかったのではないかということだ。もしかしたら、"The Book-bag"「書物袋」という表題や冒頭の旅行にまつわる本の逸話は、そうした真実から読者の目をそらすための周到なカムフラージュなのかもしれない。

以上はあくまで私見である。そこまで深読みするのは行き過ぎという意見ももちろんあるだろう。また小説を執筆動機の裏から覗くような姿勢は本来の読み方ではないといわれればその通りでもある。ただ、これがモーム自身の姿をフィクション化したのではないとしても、オリーヴとティムの近親愛に注がれているモームの眼差しを思えば、執筆しながら自分自身の立場のことを反芻しなかったはずはないし、だからこそ底流には異常愛にのめり込まざるを得ない人間たちへの同情が色濃く出ているのであろう。

さてここでこの作品をいったん離れて、同性愛あるいは近親愛に対する精神的背景について触れてみたい。この観点で文明全般をひも解くと、もともと古代ギリシャ・ローマではこうした異常愛を禁忌とする習性はないし、また、我が国を考えれば〝衆道〟としての男色が武家社会の中で半ば公然と行われていた時代もある。それに対しキリスト教はそれを禁忌とし、西欧やアメリカではその宗教的影響力が近代社会以降も連綿と続いてきた。いうなればそれはキリスト教を根底とする精神性ということになろう。

モームとは全く関係ないのだが、筆者が同性愛というテーマについてただちに連想するのは、ウィリアム・ワイラー監督作品のアメリカ映画 *The Childrens Hour*『噂の二人』である。

一九六一年のこの作品は、もともとリリアン・ヘルマンの一九三四年作の戯曲をもとにしており、さらにワイラー自身の三〇年代の映画のリメイク版とのことであるが、オードリー・ヘプバーン、シャーリー・マクレーンという二大女優が共演したフィルムでもある。華やかなラブストーリーの印象が強く残りいまだに揺るがぬ人気を有するヘプバーン主演作品としては、これが白黒版でかつテーマもシリアスであるから話題に上ることは多くないものの、両女優の演技も魅力的であり、ワイラー映画としては五指に入る出来ではないかと個人的に思っている。

内容を簡単に言うと、カレン（ヘプバーン）とマーサ（マクレーン）は大学時代からの親友で、上流家庭を対象とする女子寄宿学校を共同経営している。二十人ほどの子女を預かり経営も軌道に乗ってきた折、生徒の一人でありかねてより問題児である少女の告げ口から、二人が同性愛関係であるといううわさが広まり、子女が引き揚げられてしまい経営的にも世間的にも苦境に立たされるというストーリーである。そしてカレンは恋人も失う。カレンとマーサは社会的偏見の渦に巻き込まれることになったのだが、一方この事態に至ってはじめてマーサは実は自分がカレンを愛していたこと、すなわちまさしく同性愛者であったことに気付く。そしてその重荷に耐えられず自殺するのである。

そのようなストーリーであるが、少女のただの一言から、それまで順調に学校運営をしてきたカレンとマーサが蔑視と好奇にさらされ、想像もしない非日常に一気になだれ落ちるサスペンス性は巧みなものだ。またそのような陥穽に陥った二人を取り巻く視線は、同性愛者に対するその時代の偏見の実情をつぶさに反映していると見えた。

ではその一言とは何だろうか。それは“unnatural”という表現であった。生徒役の女の子が、叱られた腹いせにその祖母にカレン先生とマーサ先生の関係は“unnatural”だとささやき、二人がキスをしていたのも見たと嘘をつく。その言葉を聞いた祖母役の俳優の顔色が変わる。その“unnatural”という一言があたかも魔術のごとく周囲に一斉に疑惑を抱かせる力を宿していたのである。私には鑑賞していて不思議なキーワードと感じられた。

それだけで周囲の空気を変えた“unnatural”ということばであるが、これはいったいどのような意味を持つのだろうか。これを日本語に訳せば普通は〝不自然な〟となるであろうが、とりわけこの映画に関してはそれだけでは語感として弱すぎるように思えた。そこで改めて考えてみるに、その示唆するところは〝尋常ならざる〟とか〝摂理に反した〟というようなインパクトを含んでいるのではないかと私には感じられる。そしてその強い響きに含まれているのは宗教的倫理観ではないかと。改めて考えてみるとキリスト教では神は自然の造物主である、したがって、〝摂理に反した〟というニュアンスでとらえれば、それは、キリスト教という一神教における〝神の秩序＝natural〟ともいうべき体系に背くものということになるのではないか。そこに言葉の魔力があったと思うのだ。だからコミュニティが二人を即座にのけ者としたのであり、当時のアメリカ人の観客は不自然さを感じないのだろう。この映画や舞台からわれわれ一般の日本人は宗教色をいささかも感じ取れるものではないが、キリスト教を背景とした社会の人々は意識的にせよ無意識的にせよ言葉や単語のなかにもそのような原理を潜在的に有していると思うのだがいかがだろうか。繰り返せば、われわれは西欧近代社会をスタンダードとして理解しがちであるが、この感覚についてはあくまでキリスト教という宗教原理が持つ特殊性に根差していると思ってよいだろう。そしてこうしたテーマが戯曲やハリウッド映画の素材にまでなりうるのはとりわけ原理が生きつづけているアメリカ社会ならばこそではなかろうか。その当時のみならず、アメリカでは二十一世紀もはや二十年を過ぎた今日でも同性婚や銃規制の是非が政治や世論を二分する重大論点であることは新聞でもよく報道されており、われわれには中々理解できない感覚が付きまとうけれども、その背景の建国の歴史をひも解けばそうした観念が固有原理として今なお強い影響を持ち続けている理由を知ることができる。

アメリカとイギリスを同一視することはもちろんできないが、イギリスの場合でもすでに述べたごとく、モームの時代では犯罪として規定されているように異常愛に対する偏見は根深く、著名であるがゆえにもし公然のこととなれば社会的に葬られるとの怖れを抱き続けていたのである。その苦悩はわれわれ日本人には分からないと思っても過言ではないだろう。そのような不安を抱えながらも、こうした異常愛をテーマに取り上げようと思った、あるいは取り上げざるをえなかったモームの心情を汲みながらこの作品“The Book-bag”を読んでみられてはどうだろうか。

第三章

モームの笑劇を〝読む〟
――*Home and Beauty*『祖国と美女』に見る人間関係と世相

もともとモームは劇作家として大成功したことがそのキャリアの始まりである。自分も日本の一般的モームファン同様、小説におけるストーリーと人間観の面白さにひかれた一人ではあるが、協会に入ってからいろいろな方にモーム劇の情報をいただいて多少なりともそちらにも接してみようと思うようになった。そこで手にしたのがfarce（笑劇）として傑作と言われているこの作品である。また、もう一つこれを選んでみた理由は、後述するが、日本でこの作品が最近二〇一〇年代に立て続けに大小あわせて四つも舞台化されたということにある。モーム劇の歴史の中でも異例の現象である。残念ながら自分はモーム劇に関心を持つ以前のことなのでどれも観てはいないのだが、なぜ百年前の劇が、しかも過去に本邦では上演されたことがないにもかかわらず、それぞれ別々の企画としてほぼ同時並行的に実現したのだろうかと大いに興味を抱いた。ただ、舞台を目の当たりにしなくとも、結論から言うとモームのこの作品は原作脚本で読んでも楽しめるし、大いに笑えるということであった。以下は内容を知らない方も意識して、原作のエッセンスや一部セリフも紹介しながら自分なりにその面白さの由来を示してみたい。

舞台は第一次大戦が終わった直後の一九一八年十一月下旬のロンドン。

第一次世界大戦を経て戦勝国であるイギリスといえども国力は総力戦により疲弊[1]し、市民生活も物資の欠乏に悩まされる事態に陥っている。配給制度が導入され、とりわけ暖房のための石炭不足により、すでに始まっている冬の寒さが厳しい。この劇でも居間に暖房を入れられず震えるありさまが示される。また、戦争に従事した兵士への補償も必須であれば、労働者の権利主張[2]が強まって賃金も格段に上げざるを得ない。料理人の週給が大戦前の相場十四シリングから二ポンド、すなわち三倍近くにまで上昇し[3]、中産階級以上にとっては雇用人の確保に四苦八苦するようになる。戦勝国のはずであるのにとわれわれの驚くところかもしれないが、まさしく実生活面においてそれまでの階級社会の維持に軋みが生じてきたのである。

こうした中で戦争成金も一方では台頭してくる。登場人物の一人であるペイトン氏は造船業者として軍事需要をさだめし享受したのであろう、金満家となって石炭や砂糖、コーヒーあるいはチョコレートといった市民が喉から手が出るほど欲しい欠乏物資確保はお手のものというだけでなく、貴族の手放した三千エーカーのマナーハウスを買い取り、ロールスロイスを乗り回す上に、近く叙爵により上院議員の肩書も視野に入れようとしている。一方、そうした財力を背景としつつ、ヒロインである人妻の美女ヴィクトリアにご執心で、贅沢に慣れて耐乏生活に我慢できない彼女に貴重な届け物を怠らず、その歓心を買おうとする。片や、彼女も最初の夫である軍人のウィリアム少佐戦死のあと、やはり軍人でありかつその親友のフレデリック少佐と再婚し一子を授かったばかりであるが、いろいろ上層中流の暮らしには制約が大きい昨今において、ペイトンと一緒になれば何不自由ない富豪生活ができることには大いに魅かれている。また、ヴィクトリアの母親も何かとペイトンの話題を出してこの際二人を結び付けようと指嗾しているのである。以上が第一幕の背景事情であるが、この不自由な戦後の環境は当時のロンドンの観客すなわち中流以上の階層にとっては身に染みるものであっただろう。

そのような目下の世相に加えて、ヴィクトリアの個性が脇役とのやりとりを通して観客に紹介されてゆく。人目を惹く美女である。そして自分は他人に献身的な人柄と思っているが、実際は自己中心的な性格。ただそのことに自分では全く気づいておらず、それだけによりちゃっかりした天衣無縫な女性ということが植え付けられてゆく。フレデリックも結婚してからそれが分かり実は手を焼いているのだが、いつも押さえつけられて言われるままに我慢するしかない。

そこに、まさに大戦直後が故の超サプライズ、すなわち大陸の激戦地であったイープルで三年前に戦死したはずの最初の夫ウィリアムが実は生きていて今日にも帰ってくるということが伝えられる。しかも、それはウィリアム本人から現在の夫であるがそれとはまだ知らないフレデリックに電話があったもので、彼は茫然としてすぐにヴィクトリアに話さなかったゆえに、舞台上ではあと三分でウィリアムが現れるということになる。すなわち二人の夫という突如期せずして起こった三角関係に直面することとなるのである。これもまた第一次大戦直後ならではの状況設定ということになろう。おそらく現実にも死亡のはずが生還したという事例もあっただろうし、戦死の知らせを受けても信ぜずきっとどこかで生きていると思っていた遺族もいたに違いない時分のことである。

第一幕でウィリアムが登場してからはその帰還のいきさつを聞きつつも、心中大いに焦ったフレデリックとヴィクトリアがいかに二人の状況を説明すべきかお互いに押し付けあったりとりつくろったりする場面が笑いの皮切り部分となる。さらにウィリアムがまだ事態に気付かず、依然フレデリックが独身だと思っていて、昔から女には手が早かったなあとか、生まれたばかりの子供を見て、自分の子なのに随分発育が遅いなどというたびにフレデリックは冷や汗をかきながら何とかうまく説明できるように腐心するのだが、全然ウィリアムのほうは気が付かない。とうとう堪忍袋の緒が切れたフレデリックが「この間抜け野郎！　俺はヴィクトリアと結婚したんだ」と叫ぶところで第一幕は閉じる。以上この一幕は人間模様を観客に浸透させる巧妙な下地作りとなっている。

第二幕は状況を分かった二人の夫がヴィクトリアを譲り合うというやりとりが観客の笑いを大いに誘う。この劇の白眉部分であろう。

場面は翌日。事態にショックを受けたヒロイン・ヴィクトリアが真っ先に相談したいと連絡したのはなんとペイトン氏である。たちまち駆け付けたペイトンのほうも同情しながら話の流れの中でチャンス到来と彼女にプロポーズをほのめかすと、ヴィクトリアもあなたは拒否を受け入れる方ではないでしょうと事実上承諾する。いわば、二人の夫が出現したことが思わぬモーメントとなって彼女のこころは一気にペイトンそしてその財力にジャンプしたのである。

一方、ことが明らかになったいま、二人の夫の間には気まずい感情とか、シリアスな葛藤が渦巻いていると思って不思議ないはずが、どうも様相はさにあらず、一夜明けて顔を合わせた二人はお互いの腹の探り合いを始める。観客も気づいてくるが、本音の部分では二人ともヴィクトリアのわがままには辟易しておりそれぞれ間合いを図っているのである。その駆け引きの最初あたりであるが、

（F→フレデリック　W→ウィリアム）

F　When would you like me to clear out?

W　My dear fellow, why should you wish to do that?
Surely you don't course for a moment imagine that I shall be in the way.
I propose to make my visit a brief one.

F　But of course that's no concern of mine.
You and your wife must arrange that between you.

W　My dear old thing, you entirely misunderstand me.
I am not the man to come between husband and wife.

F　What the devil do you mean?

W　Well, if it comes to that, What the devil do you mean?

フレデリック　いつ僕はおさらばしたらいいのかね？

ウィリアム　おい、君、おさらばとはどういうつもりなのだ？
君だって少しも僕が邪魔する気でないことははっきりわかっているだろう。僕はこの家で長居するつもりなんかないぜ。

フレデリック　そんなことは僕には関係ないね。

君と君の奥さんの間のことは二人で決めることだぜ。

ウィリアム　おいおい、僕のことを全く誤解しているね。

僕は夫と妻の間に割って入るような男じゃないぞ。

フレデリック　一体どういう意味なんだ？

ウィリアム　よし、そこまで来るなら、そっちこそどういう意味だ？

フレデリックは真の夫が現れた以上、自分は身を引かねばならぬという態度を示すのに対し、ウィリアムは今の夫フレデリックの存在を前にしてもはや自分はただちに去るのみとほのめかす。この駆け引きが、ペイトン氏と話した後、二人の前に登場したヴィクトリアの前で繰り広げられる。フレデリックのセリフを引用すれば

No, no. I know Victoria's faithful heart. She can never really love any man but you. Victoria, you know how I adore you. You are the only woman in the world for me. But I realize that there is only one thing for me to do. Bill has come back. There is only one course open to me as a gentleman and a man of honour. It is a bitter, bitter sacrifice, but I am equal to it. I renounce all rights in you. I will go away, a wiser and a sadder man, and leave you to Bill. Good-bye, Victoria. Wipe your mouth and give me one more kiss before we part for ever.

いやいや。僕はヴィクトリアの貞節な気持ちは分かっている。彼女の愛する人は君ウィリアムをおいてほかにない。ヴィクトリア、僕があなたをどう崇拝しているかは分かっているね。君は僕にとってこの世でただ一人の女性だ。しかし、今なすべきことが何かは明白だ。ビルが戻ってきたのだ。僕がジェントルマンそして名誉に値する男としてできる道はただ一つ。なんともそれは辛い、辛い自己犠牲だ。でも僕はそれに耐えよう。僕は君に対するあらゆる権利を手放そう。僕は出てゆこう。辛すぎるがより賢くなった男として。そして君をビルに託すのだ。さようならヴィクトリア。永遠の別れの前にもう一度キスをしてくれないか。

このセリフはシリアスドラマにも一行一句そのまま使えるし、その場合は額面通り紳士としての気概と礼節を含む高潔な自己犠牲の感動場面ということになるであろう。それがそのまま使われているのが笑止である。

これに対しウィリアムも負けていない。

（V→ヴィクトリア）

W　My dear Victoria, I am not the man to accept a sacrifice like that.
No, I will not come between you.

V　Oh, Bill, how noble.

W　Victoria, I am a gentleman and a soldier.
This being that you see before you, notwithstanding the tolerable suit he wears, is a disembodied wraith. To all intents and purposes I am dead as mutton. I will remain so.

F　Victoria will never be happy with me now that you've come back.

W　Not another word. She is yours.

ウィリアム　ヴィクトリア。僕はそのような犠牲的行為を受け入れるような男ではないよ。絶対に。僕は君たちの間に割って入ることはない。

ヴィクトリア　まあ、ビル。なんて気高いのかしら。

ウィリアム　ヴィクトリア。僕はジェントルマンであり軍人だ。君が目の前に見ている僕という存在は、立派なスーツをまとっていても、中身は実体のない亡霊なのだ。どう見ても僕は完全に死んでいる。これからも死んだままでいるのさ。

フレデリック　君が帰ってきたからにはヴィクトリアは僕といても絶対幸せにはなれないよ。

ウィリアム　もう何も言うな。彼女は君のものだ。

紳士然とした、また、古典悲劇を髣髴とさせるようなセリフを並べながら、お互いに相手に押し付けあおうという会話のキャッチボールを十二分に楽しめるところである。

この二人の茶番に対するヴィクトリアの反応は

I understand it all. You're both so noble. You are both so heroic. You are both so unselfish

あなた方の気持ちはよくわかるわ。二人とも何て気高い、あなた方はどちらも英雄よ、そして心の広いひとたちですわ。

ウィリアムとフレデリックの口に出す言葉は腹の中と全く違うのに、その後のヴィクトリアのセリフはいわば無邪気な本心であるのがずれを増幅させておかしい。しかし、ヴィクトリアのほうも実はすでに心ここにあらず、ロールスロイスに移っていることを観客は承知しているのだ。

そんな仮面紳士言葉での押し付け合いを経て、話が平行線なので、ではくじ引きでどちらがヴィクトリアのもとに残るか決めようとフレデリックは言い出す。そして二枚の白紙に×印のついたほうが当たりだとくじを用意する。自分が当たるのを怖れて渋るウィリアムに対し無理やり先に引かせた後、残った紙を見て「はずれた！」と叫び、悲痛な装いで身を引くことを宣言する。

ところがどっこい、フレデリックのわざとらしさにその仕掛けを疑ったウィリアムはお前の引いたくじを見せろと迫り、大立ち回りをした末にフレデリックから奪い取った紙を見ると、なんとそれにも×印がついているではないか。フレデリックは絶対にウィリアムが当たるよう二枚とも×印を記して先に引かせ、あたかも悲劇の主人公が如くを装い自分がこの家から去れるように細工していたわけである。さらに工作が明るみに出た後でも、自分を殺して譲るための仕掛けだとあくまで自己犠牲を装って言い訳をするところがなんとも可笑しい。このようなドタバタに挟まれたヴィクトリアはどうしたかというと、それを尻目にペイトンの昼食の誘いに乗って、ロールスロイスで迎えに来たペイトンと一緒に二人の夫を残して去ってしまう。結局、ウィリアムとフレデリックは巧妙に立ち振る舞ったように見えて一緒にはしごを外されたのであった。

　以上が第二幕のエッセンスであるけれども、ここで、幕の途中部分に、スパイスを聞かせるエピソードにもなるが、なんとか使用人を確保したいとヴィクトリアが募集をかけた料理人広告に応募してきたボグスン夫人との挿話がある。なかなか人が来てくれないご時世の中とはいえ、やりとりではどちらが上なのかわからない有り様だ。使用人なのに食事仕度は何時までしかしないとか、朝起きたらちゃんとご主人が働いて火が起こしておいてもらわないと困るとか、さんざん勝手な条件を並べた上に

（P→ボグスン夫人）

P　If you don't think I'll suit you I needn't waste any more of my time.
　　I've got ten to a dozen ladies that I must interview this morning.
V　Oh, I wouldn't make a point of that. I dare say we can arrange our hours to suit you.

（中略）

V　I see. And, what wages are you asking?
P　I don't know as I'm asking any wages.
　　I'm prepared to accept a salary of two pounds a week.

V　That's rather more than I've been in the habit of paying.
P　If you aren't prepared to pay that, there are plenty as are.
V　We won't quarrel about that. I'm sure you're worth the money.

ポグスン夫人　お宅に合わないようならこれ以上時間を無駄にする必要はないわね。この午前中にも十から一ダースもの奥様方と面接を控えているんですからね。
ヴィクトリア　まあ、そこは大丈夫ですわ。私たちが時間をあなたのご都合に合わせるようにしますわ。

（中略）

ヴィクトリア　分かりましたわ。それで……お手当はいくらお望み？
ポグスン夫人　お手当てなんて言い方はご免ですよ。週二ポンドでの(3)「サラリー」ということならよござんすけどね。
ヴィクトリア　それだと今までの払いに比べてずいぶん多くなるわ。
ポグスン夫人　それが払えないということなら、ほかに二ポンド出してくれる奥様はたくさんござんすよ。

ヴィクトリア　そのことで言い合いするつもりはありませんわ。
あなたがその金額にふさわしいお値打ちがあるのは確かですもの。

ヴィクトリアという女性は魅力的な美女にしても、今まで叙述したような性格と夫たちをあっさり置き去りにして金持ちにくっつくという行為からしてみれば、鼻持ちならない女として反感を買ってもおかしくなさそうである。しかし、そうならないのはいくつも理由があって、ひとつはヴィクトリア本人が二枚舌を使うわけでなく、自分は献身的で自己犠牲の強い女性と自覚しながら行動していること、すなわちその無邪気さに観客はすべてを許してしまうという面がある。

さらに、上記の挿話、すなわち雇用面接に来てさんざんな勝手な要求をする料理人候補に対し、ヴィクトリアはあくまで下手に出てなんとかつなぎとめようとするところなどは、当時の労働者台頭の力関係を反映して上層中流階級の観客は自分の周囲にも覚えあることとして大いに笑いながらも身につまされた気になったことだろうが、加えて、わがままなヴィクトリアであっても身分の違いを盾に上から目線で接するわけではなく、かえってその本来の天真爛漫さを感じさせ、嫌な女という先入観を大いに中和させる効果も含んでいると感じる。またこれは脚本そのものの鑑賞とは離れるが、小説と違って舞台劇はあくまで生身の人間が演じるものでその演技力や人気に左右されることは言うまでもなく、ヒロインを演じた当時の美人女優グラディス・クーパーの存在そして演技が決め手となったことは間違いないだろう。

さて最後の第三幕は成金ペイトン氏のプロポーズを受け入れたヴィクトリアが弁護士を呼んできて二人の夫と同時にどう離婚を円滑に仕立て上げるかが披露される。

家に戻ってきたヴィクトリアは新たにペイトンを夫とすることを決めたので、早速、現在の二人の夫と離婚手続きに入る旨を告げるが、その手回しよいことと言ったら、たちまち弁護士のラーハム氏が登場し法的サービスの説明に入るという段取りとなる。

ところで、この時代のイギリスでは本人同士の離婚合意ではことはすまず、離婚裁判という司法裁定が必要であった。そこで判事を納得させるためには離婚事由の正当性を証明せねばならず、今から見ればなんとも面倒なプロセスが必要だったわけである。加えてこの時点では、離婚訴訟においても男女不平等があって、夫から妻に対する訴訟の場合は妻の不貞を立証すればよかったのに対し、その逆の場合はこれに加えて夫の「妻子遺棄」(desertion) あるいは「虐待行為」(cruelty) を証明する必要があった。この幕はその点を中心に進行する。

ラーハム弁護士はこの道の第一人者であるとしても、二人の正式な夫を同時離婚させるという事例はさすがに初めてである。しかし、プロとして見事な裁きを提示する。三人の意向を確かめたうえで、では「妻子遺棄」の線でまずは話をまとめましょうと、ウィリアムとフレデリックに対し、ヴィクトリアから家に戻ってほしいという懇願の手紙に対する拒否の返事を認めてほしいと切り出す。二人が驚いてまだ受け取ってもいない手紙の返事を書くのですかというと、そのとおりです、ひな形はすでに用意してございます、後はサインをいただくだけですと、なんとも手際よく二つの文例、すなわち礼節と思いやりを踏まえているがきっぱり拒否する例文と、辛辣さと皮肉にあふれた拒絶のそれを示し、それぞれお選びくださいとかゆい所に手が届き至れり尽くせりである。

また「虐待行為」についてはいくつものシナリオを示し、どれがお好みかと選ばせるありさま。ウィリアムにヴィクトリアの喉をつかませ「畜生‼　縛り首になったってお前を絞め殺してやるぞ！」と叫ぶリハーサルをさせたうえで、真に迫っていて大いに結構、これで離婚は決まったも同然ですなと褒めそやす。

このサービスの掉尾を飾るのが夫の不貞を立証するための工作である。

そのことなら自分たちでいくらでもできるのでお任せあれとウィリアムが言うや、ラーハム氏は、自分は品位を重んじる、少しでも卑猥なことをお考えなら加担はできないので手を引きますぞと啖呵を切り、ではどうするかというと、専らラーハム弁護士と組んで偽装不倫相手としてのビジネスをしているモンモランシー嬢（と言っても五十代半ばの年齢設定）が登場する。本人の姿をみるや、ウィリアムもフレデリックもブランデーを思わずあおって気持ちを落ち着かせないとならないほど不細工で気取った女である。フランス語を時々織り込み、優雅な体裁を見せながら、数週間先まで偽装不倫の予約がいっぱいであるほど繁盛していることを誇る。要は、離婚候補の相手とホテルで一晩中カードゲームをして不倫の法的アリバイづくりをする仕事なのだ。

しかし、事情説明をうけたあと、今回の二人同時偽装不倫の依頼については

I have to think of my self-respect. One gentleman is business, but two would be debauchery.

とんでもない、私にも尊厳というものがありますわ。一人の紳士との姦通ならビジネスでも、二人となると乱行ですもの

とその倫理観はまことツボにはまって観客に受けただろう。

ややわき道にそれるがこのモンモランシー（Montmorency）という姓は、一七世紀ごろのフランス屈指の名門貴族の家名であって、アレクサンドル・デュマの『三銃士』にもその名が触れられており、筆者の想像であるが、その響きはたとえてみるとわが国の場合の“近衛”とか

〝姉小路〟などといったゆかしさをロンドンの観客に感じさせたかもしれない。そこにもモームの味付けを見てよいのではないか。

以上、さまざまな打ち合わせを経て離婚訴訟トータルパックサービスともいうべき一種の出来レースが組み立てられてゆく。この第三幕は一種の社会風刺をまぜながら観客の潜在願望にも刺さるやりとりのてんこ盛りとでもいうべきか。結局、なにせ二人の夫の同時離婚というだけに、いささか手の込んだ筋書きになったが、当事者全員そして弁護士ならびに偽装不倫相手の合意によりめでたく固まった後で、いつまでもお友達でいましょうねとさわやかにヴィクトリアは別れを告げる。

いずれにせよ、結末としてヴィクトリアは新たな夫ペイトンと贅沢三昧な暮らしを保証され、ウィリアムとフレデリックは自由を手に入れる。そしてヴィクトリアが去った後、ペイトンから間違えて送られてきた高価なシャンパンと豪勢な料理に舌鼓を打ちながら夫二人が乾杯して幕を閉じるのである。三者三様の思惑の中で、誰一人傷つくものもなく皆がハッピーエンドを迎えるという大団円となったのだ。

さて、いくつかセリフの英語原文も紹介しながらエッセンスを述べてきたつもりであるが、モームの会話表現は非常に平明でわれわれにもよくわかるのではないか。しかも、再度申し上げれば読むだけでも十分面白いと思う。これに演出や俳優の表現の妙が加味されれば、当時大当たりしたというのも十分うなずける。現代のわれわれにとっても脚本を楽しめればそれこそがすべてであって、それ以上コメントする必要はないかもしれないが、以下は、いわばおまけ的にモームの心境やその後に派生したことなどについて推察してみたものである。

観客にとっては抱腹絶倒の喜劇であり、脚本の流れをたどるにモーム自身も楽しんで作り上げたものと思うが、一方で、この作品の中には結婚ということに対するシニカルな感情が底流になっていることも指摘できるであろう。

実際、モームは数年前に人妻シリーと浮気して、その結果シリーの夫から離婚訴訟を起こされ、不倫を行った共同被告人という立場で離婚裁判の当事者となった経験がある。その過程を経てモームはシリーと正式に結婚したのだが、それは彼にとって何一つ得るものがなかったようである。それなのにモームがなぜシリーと結婚したかについては諸説あり、娘ライザが生まれてしまったからとか、同性愛を隠すには結婚しているほうがいいと考えたからとか言われているが、動機はさておき、シリーとはともに過ごす相手として全く合わず、その後もこの結婚を生涯悔やむこととなる。この劇は年代設定直後ともいうべき一九一九年に書き上げられたというが、時期としては、先に述べた離婚訴訟を経て、シリーと二年前に結婚した後に当たる。以上の事情を踏まえ、この第三幕が自らの体験を織り込んで、イギリス離婚制度を揶揄しながら、この作品のポイントである二人の夫を同時に離婚手続きさせるという出来レースの一部始終を描き出すことにつながったのだろう。
次の部分は第三幕途中の、離婚訴訟ビジネスを数多引き受けロンドンで最も忙しい仕事人間と誇る弁護士ラーハム氏とのやりとりである。

（R→ラーハム氏）

W　You must be a very busy man.
R　I assure you, Major, I am one of the busiest man in London.
W　Fortunately, some marriage are happy.
R　There are no happy marriages. But, there are some that are tolerable.
V　You are a pessimist, Mr Raham. I have made both my husbands ideally happy.

ウィリアム　先生は大変お忙しいことでしょうな。
ラーハム氏　いやまったく、少佐殿、小生はロンドンでは最も多忙な者の一人でして。
ウィリアム　幸いなことに、幸福な結婚というのもそれなりにありますな。
ラーハム氏　ハッピーな結婚生活などありませんぞ。まあまあ我慢できる程度のはいささかございますけれども。

ヴィクトリア　悲観的でいらっしゃるのね、ラーハム先生、私は二人の夫たちをどちらも申し分なく幸福にしましたわ。

このあたりはシリーと結婚したモームの後悔と、かつ、もしかしたらモームから見たシリーの無神経さを披歴している部分かもしれない。そのように、ヴィクトリアという人格の造形にはシリーの影があると思っておかしくなさそうだ。離れて愛人として付き合うのはいいとしても、一緒にいると辟易とする女。自己中心的であるにもかかわらず、自分は全くそう気づいてない女。先のウィリアムがヴィクトリアの喉を締め上げるリハーサルの部分などはモームがシリーに対して抱いていた気分をそのまま映していると想像すれば、執筆しながらストレス解消も兼ねていたのではと思いたくなるところでもある。

次に社会的な視点について触れたい。いままで述べたようにこれは第一次世界大戦で死んだはずの夫が戻ってきて、すでに再婚している妻そして今の夫との間に起こる葛藤をテーマにしている。この作品の翻訳である岩波文庫版『夫が多すぎて』（海保眞夫訳）の解説では「一九一九年当時のイギリス人は戦争のもたらすこの無残な事態を見て、アルフレッド・テニスンの長詩『イノック・アーデン』（一八六四）を想起したはずである。主人公イーノックは船が難破して孤島で十年余を過ごす。ようやく帰郷していた時には、すでに妻は幼友達と再婚していた。二人の幸福な結婚生活を知って、イーノックは身を退き、ひっそりと死ぬ。哀切な物語詩で、明治時代の日本人にも親しまれた。」というようにこうした素材は、通常であれば、シリアスさや悲劇性を主なテーマとするのであろうが、モームの場合は真逆の笑劇にしてしまったところがなんとも卓抜なところである。そして、戦争直後のロンドンの観客に大うけしたということもまた興味深い。場合によっては、内容が不謹慎だという反応があってもおかしくない時期である。第一次世界大戦ではイギリスの場合、前線で先頭に立ったエリート階級であるパブリック・スクール出身者の死亡率が突出して高く、上中流階級の観客の中には身内や係累にそうした不幸のあるものも多かったと思う。にもかかわらず大ヒットしてロングランとなったのは、やはり戦争気分から早く脱却したいという願望が世の中に渦巻いていたのが大きな理由だろうし、その目下の世相を鋭敏にとらえたモームの感覚はいかにも鋭いといえる。

この時代風潮に関連して話は飛躍するが、やはり時期と状況により国民感情にはそれぞれの固有性があるとあらためて感じざるを得ない。われわれ日本人として考えたとき、太平洋戦争敗戦後にこのようなコメディが成立するはずもないが、さかのぼってこの作品の十年ちょっと前にあたる日露戦争の勝利に沸いた時代に似たような芝居がありえたかといえばそんなことを考えること自体がおかしいと一蹴されるであろう。それは文化とか道徳とか言った価値基準の差異の問題でもあるが、ある種のコメディが受け入れられる下地にはやはり中間層の富の豊かさが必要であり、大戦に疲弊したとはいえ一九一〇年代までの大英帝国繁栄の蓄積がそれを担保しているのだと感じるのである。

さて、この作品はアメリカにおいてもほぼ同時に上演されたわけであるが、劇の題名については、アメリカでは *Too Many Husbands*『夫が多すぎて』と変更された。それはイギリス版原題の *Home and Beauty*『祖国と美女』だと、やはりアメリカでは興行上の観点からもなじまないと思われたからだろう。いうまでもなく祖国とは大打撃を受けたイギリス以外何物でもない。したがって、大戦の負の部分を経験していないアメリカ人の観かたは異なり、戦争後のロンドン世相の部分は素通りして、三角関係や四角関係、そしてイギリスジェントルマンのふるまいのおかしさに焦点が当たり、それらをむしろ純粋に楽しんだと想像できる。やはり小説以上に演劇はその時と場所によって理解や共感のありさまが大きく変わってくるものだと思うし、この作品では題名の変更自体がそのことを象徴しているのである。(4)

そのようにこの作品はもともと特殊な時代環境に着目したがゆえに賞味期限には限りがあって、モーム自身もいずれ自分の作品の大多数は忘れられると思っていたし、その中の一つとして世相が移ろえばそもそもの共感性を失ってしまうはずのものだったかもしれない。

ところが、この *Home and Beauty* はその後も *Too Many Husbands* として生き残り、映画化されたりしているが、それだけにとどまらず、冒頭触れたように、日本においても最近の二〇一〇年代に突如、二度にわたって人気俳優を使って舞台化された。それは

二〇一〇年　シス・カンパニー『二人の夫とわたしの事情』主演・松たか子
二〇一四年　『夫が多すぎて』同・大地真央

であるが、調べるとそれら商業演劇の二つに加えて、小劇場でもさらに二〇一六年、二〇一七年に公演されているという。[5] 筆者は残念ながらそれらを見る機会を失し、直近、シナリオだけでもないかと神保町の演劇専門古書店にも尋ねてみたのだが残念ながらまだ入手できていない。したがって、以下は劇評などの反応から思うところを推測したいと思う。

少なくとも、有名女優を起用した上記二本については興行的に成り立つと判断したからだろうし、その出来栄えについて『二人の夫とわたしの事情』を観劇した日本モーム協会副会長・清水明氏の感想では「『二人の夫とわたしの事情』は筆者の見聞の限りでは、確かに評判になるだけの傑作と思われ、劇場内の観客の笑い声と共感のみか、一時物語がとんでもない方向へ向かってしまうことの戸惑いのような雰囲気が感じられたことを記しておきたい。[6]」と述べら

れている。

また、その中で引用されている朝日新聞の劇評では「上質な娯楽劇に仕上がった。（中略）松たか子は膨大なせりふを軽やかに連射する。コケットリーが薄いのとせりふの間が少しせわしないのを除けば、誠にチャーミング。わがままな錯覚人間で、欲望に忠実で単純。でも邪気がなく美しいセレブ妻ぶりだ。」として出来上がりと演技を評価している。ヴィクトリアの天衣無縫ぶりが新たな表現として観客を魅了した光景が目に浮かぶ。その他いくつかの反応から鑑みるに、いわばこの作品の生命力というものは現代日本における意識変化の中で、モームの意図とは離れてよみがえったものと感じる。その焦点はヒロインの人格の現代的な響きにありそうだ。

平成の三十年間において意識面はある意味で大きく進化し、昭和以前的な人間関係の縛りや性の相対的関係は大きく変容した。より具体的に言えば、男女関係についてはフラット化とでも表現しようか、たとえば女性からの能動的な離婚や不倫といったものがありうるものとしての意識許容範囲におさまり、少なくとも自分以外の同性にそのような自由さや奔放さを見ることがとりわけ女性にとってある種の共感を呼ぶようになった時代という面もある。それもひとつの側面での意識の自由と豊かさの反映でもあるに違いない。それだけにこの作品の特徴である、三人の夫をめぐるヒロインの天衣無縫さがとりわけ女性層にとっては装いを変えて魅力的になったのであろう。この社会意識変化に機敏に着目したことが、日本における初めての"Too Many Husbands"「群」の舞台化として二〇一〇年代にあらわれた大きな理由と自分は思うのだがいかがだろうか。もしそうであればそれはまたモーム劇の形を変えた異国での受容現象とも表現できる。

また、この作品も含めてモーム喜劇はウエルメイドプレイと呼ばれることがあるが、もともとあくまで観客をいかに楽しませるかという意図のもとに作られている。ところが、日本においてはとりわけ外国劇については、襟を正して観る姿勢とか、そこから何らかの教養をくみ取ろうとかいう態度をぬぐい切れずに来た。それは、まだ西欧が何らかの意味でのあこがれの存在であった意識の裏返しでもある。しかし、もはやそうした観念は現代において消失し、インターネットをはじめとする情報の普遍化によって異国であったヨーロッパの日常も等身大のものとして映るようになったのがこの二十年とも言える。すなわち、肩ひじを張ることなく、本来のウエルメイドプレイをそのまま楽しむ感覚が備わってきたということではないか。もちろん、当初の時代背景は日本の観客には無縁のものであるが、逆にそうした要素を捨象して、登場人物の人間関係のおかしさを愉しむということではかつてのアメリカの舞台での反応と通じるところがあるかもしれないと思うのである。そしてモームが想像もしなかった観点からのリバイバルであるにせよ、笑劇の中にシニカルな粉をまぶせて描いた人間のふるまいがあらためて共感を呼ぶということにおいては、核心部分はやはりモームの出発点に負うということも付け加えておきたい。

【追記】

この稿を書き終えた後であるが、協会会員の田原創氏からご厚意により『二人の夫とわたしの事情』のＤＶＤ録画を頂戴し、自宅にて舞台劇を鑑賞することができた。本文中に触れた劇評や清水明氏の感想のとおり、この舞台はシナリオもほぼ原作を踏襲しながら演出も巧みで観客を十二分に楽しませる仕上りになっていると感じた。その意味でオリジナルの面白さを再確認しながら眺めることができたことになる。あらためて田原氏にはお礼申し上げたい。

また、二〇二一年八月に、今度は劇団俳優座演劇研究所三十二期生終了公演としてこの劇が『夫が多すぎて』の題で麻布区民ホールにて上演されることを知り、直近出かけてみたところである。これはいわばプロの卵たちの舞台ということになろうが、引き続きこのモーム笑劇が、本邦での五つ目の公演として企画されたこととなる。機会があればあらためて現時点においてこの演劇を採り上げた想いについても問うてみたいところであった。

実際に二つの舞台に接した感想を付け加えると、主役ヴィクトリアをどう演じ切るかで観客の笑いが大きく左右されるように感じた。わがままな錯覚人間であるが本性天真爛漫で、しかもなんともチャーミングなセレブ妻という人格を演じて観客の共感を呼ぶのは女優としても相当に難しいところではなかろうか。その点、『二人の夫とわたしの事情』の松たか子はセリフだけでなく挙動のコミカルさと合わせて、現代性も有するヴィクトリアの創造に成功していると思った次第である。

第四章

モーム作品に描かれる外国人像
――イギリス人との対比において

モームの小説の舞台は南海ものをはじめとしていろいろな国にまたがり、主には故郷を離れたイギリス人の姿がさまざまなストーリー構成のもとに描かれているが、一方、イギリス人以外の欧米人で非英語圏のフランス人・スペイン人などもよく登場するし、しかもその場合脇役にかぎらず、中心人物であるのが目につく。

これはもちろんモームの生れ育ち、異国滞在、数多の旅行遍歴がもとになっており、その過程で遭遇した人物からヒントを得てしているのだろうし、モームの関心が人間に内在する矛盾を描くことにあるのだから、必ずしも自国人に限ることもなかったのであろうが、結局、このことはモーム文学の他作家に比べた著しい特徴のひとつになっていると思われる。ほかのイギリス人作家で主人公を他言語圏のフランス人やイタリア人などに設定して書かれたものがどれだけあるだろうか。

（条件や環境は全く比較にならないが、日本の近代職業作家で同時代の中国人や朝鮮人を中心人物にした小説があったかということに思いを馳せれば、こんなことを気にする私の考えが腑に落ちるところもあろう）

そんな関心のもとにモームを読みながら外国人の描かれ方を見ているとき感じることがある。

どこかでこんなジョークを聞かれたことがあるかもしれない。

「無人島に男二人と女一人が漂着した。男達がイタリア人なら殺し合いになる。フランス人なら一人は夫、一人は愛人となってうまくやる。イギリス人なら、紹介されるまで口を聞かないから何も起こらない」

この話は、数学者藤原正彦の大学町ケンブリッジに生息するさまざまな数学者や変人を面白く描いて卓越した英国留学記『遥かなるケンブリッジ』に紹介されているもの[1]であるが、誇張されているとはいえ人間関係の基層部分にあるそれぞれの文化の違いを感じさせるものでもあり、いかにもありそうなところがその差異の面白さを引き立てると言ってもよい。

モームの着目としたところも、外国人を素材にする場合、やはりこのような人間関係の基層あるいは行動原理におけるイギリス人との差異が発射台だったように思われる。上記のジョークになぞらえるのが適当かどうかではあるが、分かりやすいこともありその線でいくつかの例を見てみよう。

まず自分のタネ本を公開した *A Writer's Notebook*『作家の手帳』を眺めているうちに見つけたのが下記のメモである。(2)

あるイタリア人が、糊口をしのぐためニューヨークに来て労働者となったが、彼はやむなくイタリアに残してきた妻を熱愛していた。彼の甥が妻と寝ているという噂が入ってきて彼は激怒した。しかし、イタリアに戻るだけの金がないので、甥に高賃金の仕事があると手紙を書いてニューヨークに呼び寄せ、到着したその晩に甥を殺した。男は逮捕され、妻は裁判に喚問されたが、夫を救うため、事実でないことつまり甥が自分の愛人だったと証言した。その結果、夫は服役となったが、刑期は比較的軽く済み、やがて仮釈放となる。妻は彼を待ち続けていた。妻が不倫をしていなかったことを分かってはいたが、彼女が公にした証言はあたかも不倫が事実であったのと同様の重苦しさで男の心にのしかかっていた。それは苦しみであり恥辱であった。彼はついに、ほかにどうすることもできず、妻が自分を愛しているがゆえに、彼女を殺すことを告げ、ナイフで心臓を刺した。面目は保たれたのだ。

以上のこのネタは結局材料にとどまり作品にはならなかったようだが、主人公を“An Italian”としてあるのはやはりイタリア人の激情と名誉心のありかたがあてはまるのだろう。

これはメモであるとしても、実際に似たような素材で作品化されたものには“The Point of Honor”「名誉の焦点」がある。これはスペイン貴族の話で、その妻が幼なじみの青年将校と再会したことで、噂が立ったのだが、それは噂にすぎないこと、すなわち不倫の事実がないことを承知しているにもかかわらず、青年将校に決闘の言いがかりをつけて殺す話が筋の伏線になっている。事実でなくても名誉と面目を保つために取る必然の行動という観点で共通する主題であるが、舞台がスペインということはやはりそこがふさわしいということになるのだろう。言い換えればラテン系の心情はかくもイギリス人とは違うのだという意識の前提があってのことになる。

これに対し男女の三角関係はフランスに移るとどうなるか。

中野好夫『英文学夜ばなし』のなかで氏が「年来わたしの大好きな短編の一つなのだ」として紹介しているモームの短編に“Appearance and Reality”「仮象と真実」がある。

中野氏の訳も引用参照しながら内容を要約すると以下である。[3]

主人公はル・スール氏というフランスの上院議員、内相、かつ大手製鉄会社や自動車メーカーなどのオーナー経営者でありいわゆるブルジョワの典型的人物である。そしてル・スール氏には妻がいて不仲というわけではないがこれは商略上の結婚であった。さて氏が奥さん同伴で春物衣装のファッションショーに出かけた折、舞台に出ていた美少女リゼットを見染める。そこでいろいろ手をまわし彼女の叔母を経由して交渉した結果、リゼットの同意も得、きれいなアパートを借りてやる段取りもつけ、首尾よく愛人関係となることができた。氏は楽しい二年を過ごし幸福であった。ところがその後出張帰りの朝、パリへ戻ったル・スール氏がアパートに入ると何と寝室には見知らぬ若い男が氏のパジャマを着てリゼットと一緒に朝食をとっているではないか。氏は「俺のパジャマだ!!」と叫んでひと悶着始まる。このあたりのトーンはコメディのやりとりそのものであるが、男を追い出した後、小娘リゼットは逆に平然と切り返す。「つまり、あなたは騙されていたってことに腹が立つらしいのねえ。面白いわ。男の人ってみんなそうなのね。自惚れが強すぎるのよ。……仮にあの青年があたしの夫で、あなたの方が情人だったとしてごらんなさい。きっと、あなた、自然も自然、完全に自然だと思うはずよ」

このとき氏には閃くものがあった。

其れから間もなく、リゼットとこの青年との結婚式は、ル・スール氏自ら立会保証人となり、パリ市長までが出席して盛大に行われたばかりか、新婚旅行に当たっては、自社製造の素晴らしい新車をプレゼントしたのだ。そして、ハネムーンのため車に乗り込む直前、リゼットはル・スール氏の頬にキスしてささやく。

「月曜の五時よ、待ってるわ」

「うむ、わかった」

彼は満足そうに溜息をついた。彼の愛妾が、一介のファッション・モデルだというよりも、やはりちゃんとした人妻だということの方が、いまの彼の地位にとって、いくらふさわしいかしれないと思ったからだ。


盗まれる立場と盗む立場での心理の逆転を鮮やかにとらえてこのオチの面白さには無類のものがある。中野氏も「人間心理の盲点とでもいうか、そんな機微を巧みに衝いた実にしゃれた好短編」と評しているが、正式結婚の機能および愛人関係の意味においてフランス「らしい」ありようが背景になっていることはいうまでもないだろう。比較すればスペインの面目のあり方と血の匂いとは真逆に見える。

さて、イタリア・フランスと来たので、ジョークの順番に沿って、では本丸であるイギリスの男女関係についてはどうか。もちろんモームはさまざまな状況での関係を描いているからパターンを決めつけるのはもとより間違いであるが、いかにもイギリス的と思ってしまうのは、

「リチャード・ハレンジャーは幸せな男だった。」にはじまり、最後のセンテンスが「リチャード・ハレンジャーはまことに幸せな男だった。」に終わる小品“The Treasure”「掘り出し物」である。

ハレンジャーは五十歳前の内務省の官僚エリートで資産もあるという典型的なイギリス紳士。妻とはお互い納得ずくの別居中の身であり、この環境での自分自身は極めて幸せだと自覚している人物だ。

それが、使用人メイドを雇うことにして、プリチャードという三十五歳の女性を採用したところ、彼女がすぐに彼の嗜好を飲み込んで完璧に職務をこなすことを知る。靴磨き、毎日のネクタイの選定、電話の取次ぎ、蔵書の管理、さらに紳士の家財に必須の銀器を最高の状態に保つすべを心得ているばかりか、はては自宅で催すパーティでのワインの選定に至るまで万端遺漏なく仕切るのである。反面、しかし、主人から話しかければ答えるが、自分から話しかけることはなく万事つつましく控えめで、召使の本分を完全にわきまえている。いうなればイギリス階級社会での理想的な使用人ともいえる。

こうして四年が過ぎた。

この間、二人の関係はまったく変わらない。なんとハレンジャーはプリチャードのファーストネームもいまだに知らない。そんなことは考えもしないのだ。また使用人としては最高だが、そこまで見目麗しいとは思っておらず、面白味のない機械のような女だと思っている。ところが友人たちはほめそやしてうらやましがる。たいした美女じゃないか、階級が違えば社交界の花形になるぞと。

そうしたある日、ハレンジャーは外出日のはずのプリチャードが家に残っていたので、ふと親切心から映画に誘う。それはあくまで博愛的気分からであった。映画の後、食事をし、プリチャードを慰めるためダンスをする。自宅に帰った時、軽くキスをする、するとプリチャードが首に腕をからめてきた……。

朝目覚めたときのハレンジャーは愕然とする。隣にはいないがベッドの状況から彼女と一緒に寝たことは明らかだ。その第一反応がいかにもそれらしいのは、なんて馬鹿なことをと激しく悔悟することだ。そのわけが振るっている。こうなっては家に置いておくわけにはいかない。解雇しなければならない。あんな完璧な使用人なのに手放さなければならない失態を犯したという理由からなのである。

そして不安と後悔に浸っているハレンジャーの部屋にプリチャードが入ってくる。オチは彼女のしぐさや装いが情事の前と全く変わらなかったというところだ。おはようございますと主人に対する礼節ある挨拶をし、いつもの段取りでカーテンを開け、手紙と新聞を渡し、ワイシャツや靴下をそろえる。何もかもこれまでと変わらない。ここに至ってハレンジャーは安堵する。これなら辞めさせずに済む。今後とも一度男女の関係になったことなどおくびにも出さないだろう。つまり最高のメイドを失わずに済む。なんという幸せだと。

そして最後のことば「リチャード・ハレンジャーはまことに幸せな男だった。」とくるわけである。原題 Treasure とはまさに掘り出し物・宝物としての価値がどこにあるかを問いかける意味深な題名であり、皮肉とユーモアにあふれて、男の価値観の滑稽さをあぶりだしてもいる作品だと思うが、一方で、男女関係と階級差のどちらが意識の優先度にあるかということがテーマになりうるようなイギリス社会を前提としてこそ成り立つ作品だろう。無人島ジョークの誇張されたイギリス人気質と人間関係を素材にしているように私には思えて愉しい作品である。

こうして二～三例を概観したのだが、さて、モーム自身は外国人の描き方についてどう考えていたのだろうか。

実際、モームの見解は『かみそりの刃』の冒頭[4]に示されている。

「もともと人間を知るということが、きわめて困難な上に、われわれが本当にわかるなどといえるのは同国人にかぎるといってもよい。（中略）わたしなども、ほんの数編、短編を除いては、イギリス人以外の人間を描いてみようとしたことはない。短編だけでそれをやったというのも、理由はただ一つ、短編の場合は、ずっと大まかな人間の描き方ができるというからにすぎぬ。」

そういいながら、『かみそりの刃』のアメリカ人主人公を含めいろいろ他国籍人を扱っているとは思うが、本質的にはこのようにモームは異国人の素材を取り入れることにむしろ極めて慎重であったようだ。だから、人間観察においてひときわ引き付ける事象を作品にしたということであろうが、その場合、文化的・意識的差異がポイントになるのは自然だと思われる。それが鮮やかな切れ味となって、現代のわれわれまでも楽しませるのであり、モームの卓越性をあらためて再確認する。そしてストーリー構成のもととなる人間観察がかくも多彩な諸国遍歴と体験をもとにしている点で、モームの実人生も私にとっては詳細に追及したい魅力となっているのだ。

一方これには、モーム自身の言う「大まかな人間の描き方」ゆえの、時に類型化という問題も伴いがちだ。チェーホフ系の流れやいわゆる純文学ジャンルの好まないところでもある。英国の当時の高踏的評論家にとってモームは真面目に取り上げる対象で無かったと聞くが、それはつまるところ、モームのコスモポリタン性とストーリー性自体が当時の〝一流〟評論家の「流行作家」モームに対する〝二流性〟評価に結びつけられたということでもあろう。そんな見方ははるか過去のものであるにしても。

最後に蛇足であるが、異国人を描くという観点において、冒頭触れた視点、繰り返せば明治以降近代の日本作家がたとえば同時代の中国人・朝鮮人を描くことがあっただろうか、ということに及んでみると何を感じるか。

一応同じ漢字文化圏であろうがそうした試みを私はほとんど知らない。その理由はいろいろあろう。明治以降の欧米文明傾斜による無関心、アジア全体における西欧的近代自我意識の欠如、知的分野における相互人間交流の薄さ、等々。だから、くだけて言えば、本質的に描く材料がなかった、あるいは考えもしなかった、そして小説として「売れる」はずもないという商業上の見方にも及ぶ。そう粗っぽく比較するときに、モーム作品が幅広く西欧、アメリカを中心に売れに売れたということは、アルファベット文化圏の紐帯そして相互受容といった問題につながるかもしれない。こんなことは作品理解の上では不必要かもしれないが、モームならばこその愉しみ方の裏街道とも感じるのである。

第五章

モームとパブリック・スクール

数年前、イギリス旅行の折にウィンチェスターを訪れたとき、特に目的を定めていたわけでもなく街をぶらぶら歩きしていると、立派な学校の前に出た。門のあたりから眺めてみると、前庭に映画『チップス先生さようなら』でピーター・オトゥール演じたような、角帽にガウンを羽織った教師が生徒たちと立ち話をしている。そこで地図と照らし合わせて、これが最古のパブリック・スクールであるウィンチェスター校であることを知った。平常の授業でもそうしているのか、それとも何かの式典なのかは知らず、いずれにしても現代でもガウンを纏っているのも印象的であった。本当は許可なく入ってはいけないのだろうが、特にとがめられもしなかったので、興味本位でそのまま正門から入って校内を巡ると、ゴシック風の歴史を感じる校舎が続き、内廊下でちらりと眺めた掲示板らしきものに、何の科目か運動結果かわからないが生徒の成績表みたいな紙が貼ってある。さらに回廊からアーチを通り抜けるとその奥には鮮やかな芝生が広がって、彼方にラグビー運動場も伺える。まこと、緑に囲まれた最高の教育環境にも見えて、英国エリート校の雰囲気を予期せず味わうことができた。

このウィンチェスターもその一つであるが、代表的なパブリック・スクールとしてイートンやハローなどの名前は英国好きの人には良く知られているであろう。いずれも中世に起源をもち、英国の指導者層の過半を輩出し続けている名門校である。そして、二十世紀においても英国階級社会の再生産システムを担っていたと評することができる。

ところでモームとパブリック・スクールとのかかわりについては、代表作『人間の絆』で、その一つであるカンタベリー（小説中ではターカンベリー）のキングズ・スクールでの自らの少年時代を語っているとともに、数ある作品においても、パブリック・スクール出身者が登場人物として頻繁に出てくる。人物描写の過程においてわざわざ出身校のことを記すのは、もちろんそれがエリート階級の人間であることを読者に伝えるためであるが、別のところでも述べたように、大概の場合、モームの描き方は欠点の多い人物として辛口なトーンを帯びている。

ひとつふたつ短編から学校のことについて触れられている例を挙げてみよう。最も多いのはイートンであるが、上記のウィンチェスターやハローについては“The Yellow Streak”「臆病者」という短編の一節で、二人の登場人物のやりとりに次のようなものがある。

Hutchinson had been at Winchester, and Izzart was glad that he could tell him that he had been at Harrow.

ハッチンスンはウィンチェスター校出身であり、イザートは自分もハロー校の出であると告げられることに喜んだ。

Izzart felt that it was a bond between them that they had been at these particular schools,

こうした特別な学校出身であることはお互いの絆とイザートには感じられた。

この一節はイザートという〝臆病者〟の主人公が同席する非パブリック・スクールの第三者に自分の優位性を示したいがためのシーンとしてでてくるところであり、イザートという人物の心理状態、そして卑小性を読者に伝える場面となっている。

また第二章の中でも取りあげた有名な短編“The Outstation”「奥地駐屯所」においては、登場人物の司政官ウォーバートンが、自分もイートン・オックスフォード出身である上に、さらにスノッブぶりを発揮して知人貴族のことをひけらかすところがある。

All his family have been at Eton and Oxford for a couple of hundred years.

あの一族はこの二、三百年来みんなイートンにオックスフォードと決まっていますとも。

実際、貴族階級の父親は息子が生まれると、たちどころに自分の出身校に将来の入学を予約しに行くものだったという。この一節もウォーバートン本人に悪気はないとしても、第三者には虚栄に映り、不快感を覚えさせる部分でもあろう。

いくつものこのような例に鑑みるに、モームは自分の学校時代の苦い経験をずっと脳裏に残していて、それが作品の人物像にも反映されているとみてよいだろうが、ではその苦さというものがどこから由来するものか。そのためには、パブリック・スクールがどのような特徴を持っていたのか調べてみるのもモーム鑑賞の上で無意味ではないだろう。

日本人から見たパブリック・スクールを描いたものとしては池田潔『自由と規律』、および、松浦壽一『英国を視る』がクラシックとして代表的なものであろう。とりわけ前者は一九一〇年代の終わりごろ、パブリック・スクールの一つであるリース校に三年間留学した体験記であり、英国エリート教育の実際をつぶさに窺わせる名著として、初版後七十年以上を経ていまなおロングセラーを続けている。はや五十年以上前になるが、自分も十代のころ『自由と規律』を読んで理想的な学校生活はこういうものかとそのときは感銘したのであるが、現時点で改めて読み直してみると、紳士階級養成所としての学校という基本的イメージはそのままであるにしても、教育の実践方法や価値観は、今のわれわれからしてみればだいぶ特異性を帯びていると感じる。一言でその教育の根幹を述べれば、「イギリス社会の支配階級を養成するパブリック・スクールの教育の伝統的精神は、スポーツと古典語学とで人間を鍛え磨きをかける点にあろう。(1)」ということに要約される。

まず、座学については、なんといってもギリシャ語・ラテン語に偏重した教育がなされていた。『人間の絆』の中に描かれているが、モームが入ったキングズ・スクールでは「教師はみなオックスフォードかケンブリッジの卒業生であり、聖職者で独身」そして、「教師たちは、『タイムズ』紙や『ガーディアン』紙で時々読む、現代風の教育論に非常な不快感を示していた。そしてキングズ・スクールだけは過去の伝統をしっかり守るべきだと望んでいた。ギリシャ語・ラテン語が徹底的に教え込まれたので、卒業生は成人した後、ホメロスやウェルギリウスの名を聞いただけで、もううんざりしてしまうのだった。」というように、きわめて保守的であったことが示されている。とりわけキングズ・スクールはカンタベリー大聖堂付属であり修道院の系譜ということからして、ほかのパブリック・スクールよりその傾向が強かったのかもしれないが、いずれにせよ古典教育がその根幹であることはどこでも共通していたようだ。こうした教育は江戸時代での漢文素読をも連想させる。それなりの意味もあったであろうが、すでに死語であるラテン語を叩き込まれることは一般の生徒には、モームが述べている通り苦痛に他ならなかったというのが実態ではなかったか。

しかも、その指導方法は相当にいわゆる『スパルタ式教育』であった。下記は『人間の絆』のラテン語を訳す授業での一節。

ある日、フィリップが訳す番になった。先生はフィリップをにらみ、親指を噛んでいた。すっかり怒っているようだった。フィリップは低い声で答え始めた。

「もっとはっきり言え」

そう言われてフィリップの喉に何かが突きささったようだった。

「さあ、さあ、やれ」

教師の声は次第に大きくなった。その結果、フィリップの頭から、知っていたことがすべて消えてしまった。教科書の文字をぽかんと見ていた。教師は激しく呼吸し始めた。

「分からないのなら、どうしてそう言わんのだ？　分かっているのか、いないのか？　この前の時間の説明を聞いたのか、聞かなかったのか？　どうして黙っているのだ。この馬鹿者、口を開け！」

（中略）

フィリップは昨日はしっかり覚えていたのに、いまは頭がからっぽになっていた。

「分かりません」

「どうして分からんのだ。さあ単語を一つずつ訳してごらん。おまえが分かっているかどうか、すぐ分かるぞ」

フィリップは口を開かずに立ちつくしていた。真っ青になり、少し体を震わせ、頭は教科書の上に垂れている。……(2)

この一挿話はモームの記憶において、また教師像についてもバイアスがかかっている部分かもしれないが、教育のスパルタ性ということについては、池田潔も日本人には苦手な英語のRとLの発音を矯正されるために、怒号とびかうような特訓のさなかに、口の中に指を突きこまれるまでの指導を受けた体験を記述している。もっとも池田潔の場合はこの熱血指導を愛情として受容したようであるが、出来が悪いとラテン語の一節を何百回も清書して提出するよう宿題を課されたりしており、形態的には現代教育にはありえない相当苛酷な指導がベースであったようだ。

次に、スポーツ重視という観点では、日々のカリキュラムにスポーツは二時間ほど必ず繰り込まれていて、その種目も多岐にわたるという。池田は『自由と規律』の中で「春のクリケット、秋のラグビー、冬のホッケー、楽しい思い出もあれば苦しい思い出もある。」と回顧しつつ、「勿論、晴雨は問題ではない。その間に陸上競技の練習が行われ、夜は拳闘がある。四季を通じて屋内プールの水泳があり、以上いずれも校医の診断がない限り、全学生が挙げてこれに参加することになっている。」と述べているように、運動競技への傾斜は相当なものである。かつ、その重点は個人競技よりも団体競技に置かれていて、「イギリスのパブリック・スクールでは、個々の私を捨てて全体の共同目的の貫徹に奉仕する精神を涵養する手段として、運動競技がもっとも重要視されている。（中略）これが往々その例を見られる如く不均衡に度を過ぎ他の一切を犠牲として強行される場合、そこに好ましからぬ問題を残すのである。」[3]とその功罪を含めて記述されている。このような精神のもとで、いわゆるスポーツマンシップの涵養がなされるとともに、競技に秀でた者には、その才能を伸ばすために、表彰などを含めたあらゆる刺激や便宜が供された。したがって当然でもあるが、生徒の人気は学業優秀な者よりも運動競技で表彰を受けたり主将を務めたりするような者に集まったという。

このように、運動体育面をとっても英国パブリック・スクールは日本の明治以降のエリート教育とは相当違う思考を持っていたと言える。あらためて断るまでもなく、日本では有名進学校と運動競技とを結びつけることはまれで、その先の頂点である東京大学に来る学生といえば勉強はよくできても運動は苦手、競技面で秀でているのは例外中の例外というイメージは変わらない。今でも野球や何かのプロになればニュースになるくらいだ。言うまでもなくそれは、明治以降の近代日本にとって、欧米の先進的知識の吸収とその実践のための頭脳人材が何よりも必要であったという歴史的な要因の結果である。だから、出自を問わない一方、知識偏重も故なきことではないのであるが、そう考えたとき、いずれにしても伝統的英国エリート教育は、その由来、生徒の出身身分、ゆえに求められる教育実践内容まで大きな違いを持っていたことをあらためて認識させられる。さらにスポーツ重視ということに鑑みれば、その背景として、英国支配階級は身体的肉体的にも卓越した存在、あるいはそうあるべき存在という基本的価値観が貫かれているということに気づかされないだろうか。

身体的なことについて触れると、英国上層階級は概して長身、労働者階級の背は低いとは時々聞く話である。これについては、第二次世界大戦後、当時のビルマでイギリス軍の捕虜となりその自らの、二年間の体験をつづった、京大教授でルネサンス史家・会田雄次『アーロン収容所』に以下のような記述がある。

士官と下士官・兵の差、とくにその体格の隔絶といってよい決定的な相違は目を見はらすものであった。

士官と兵隊が一対一で争うとする。たちまちに兵は打倒されてしまうだろう。剣やピストルをとっても同じことと思われる。士官たちは学校で激しいスポーツの訓練を受けている。フェンシング、ボクシング、レスリング、ラグビー、ボート、乗馬、それらのいくつか、あるいは一つに熟達していない士官はむしろ例外であろう。そして、下士官・兵でそれらに熟達しているものはむしろ例外であろう。(4)

『アーロン収容所』は俘虜実体験にもとづき、表面的な交際からはうかがえない英国人の東洋人に対する差別意識の深層や人間観を抉って、まず類書のない比較文化論であるが、この部分だけについて言うと、会田雄次のそのままの表現を借りれば、捕虜の見た英軍にあっては〝青白きインテリはいない〟と語っているのである。

階級による体格差ということについては、吉田健一も『英国に就て』の中で、自らのパブリック・スクールそしてケンブリッジ時代の英国滞在を振り返って記している。

「英国の階級制度にもひどいものがあったので、一九二〇年、一九三〇年代に英国にいればいわゆる、下層階級に属するものはその卑屈な態度にも増して、栄養不良による体格や顔色の悪さで一目で解った。どうもこれは文献などに徴して十六世紀あたりからなどとは言えなくて、むしろ十九世紀の産業革命による惨害のひとつと思われるが、そういう惨めな人たちの中にいると英国の冬がいっそう長くて暗いような気がしてきたものだった」[5]

　吉田健一の場合は、血統的な観点というよりも、産業化の過程における社会状況にその由来を指摘しているが、いずれにしても支配階級と肉体的優位性は深くリンクしていることになる。だからそうした価値観を背景に綿々と続く伝統や教育方針はエリート予備軍の生徒の考え方に強い影響を与えないはずもなく、スポーツ経験は当然社会に出てからも大きな価値として生涯にわたり続いてゆくことになる。

　一方、パブリック・スクールの生徒がみなこれに染まっていたかというと、片や、その精神になじまず、スパルタ的教育に順応できないような生徒もいたわけで、このあたりについては先述の二書では、ほぼ共通する指摘が示されている。

「異常な才能を持ち合わせてこれを伸ばすことを許されず、しかも衆愚と妥協することを潔しとしない気概をもったものにとっては、これほど惨めな生活は考えられない。」(『自由と規律』)、「その孤立者が芸術的才能をもつものである場合彼の不幸は一層大きい。異端に対する憎悪の上に芸術に対する無理解な反感が加わるからである。」(同)、「神経質であったり気の弱い生徒にとっては、おそらくイートンやハローのようなもっとも古い伝統のある学校の生活は地獄であろう。」(『英国を視る』) というように、異端にとっての学校生活ははなはだ酷なものとなる。実際、後年芸術分野に名を成した人間にこの反応がみられるようで、作家のイーヴリン・ウォーはパブリック・スクール生活を〝地獄〟と形容し、詩人ロバート・グレーヴスも自身の経験したチャーターハウス校の伝統や運動競技に対する嫌悪を自伝『さらば古きものよ』であからさまに示しているのである。

さて、モーム自身に話を戻すと、彼もこのような要素に充満したパブリック・スクール生活にはとても合わない部類に属したということになろう。どうもモームは運動が苦手だったようであるが、それにもまして、孤児として偏狭な叔父の世話になる惨めな精神状態の中で内向性を強めていけば、このような学校生活には入り口からつまずくことは明らかである。加えて言葉がフランス語なまりでいじめの対象になったことは、二重の意味でパブリック・スクールに不適合になってしまった。少々運動音痴でなまりがあっても、もし両親が健在で母親の愛情のもとにあったならば、おそらくモームも共同生活に溶け込んだのでもあろうが、不安と孤独感におびえて育った少年にそのようなことは望むべくもない。

ここまでたどってみると、『人間の絆』においてフィリップの欠陥を実際のモーム本人の〝どもり〟でなく〝えび足〟としたこと、すなわち、なぜ言語的なコンプレックスを身体的なそれに置き換えたのだろうかという疑問について、それはパブリック・スクールというもののスポーツ傾斜ということと無縁ではないと察知できる。モームはキングズ・スクールの苦い思い出の象徴として、成年してからもずっと苦しみ続けたであろう〝どもり〟を意識的に避ける代わりに、学校生活では最大のコンプレックスに直結する運動不能という設定にしたのではないか。

この延長線上でモーム作品を見てみると、こうした英国紳士としての素養であるスポーツについての評価はどうも冷ややかである。次の一節は「奥地駐屯所」の中で、司政官ウォーバートンが同じボルネオ植民地の社交界でスポーツ巧者ぶりを発揮している知人の息子の評判をほめそやすのに対して副官クーパーが批判する部分である

I haven't got much use for the first-rate sportsman myself. What does it amount to in the long run that a man can play golf and tennis better than other people?（中略）They attach a damned sight too much importance to that sort of thing in England.

私にしてみれば一流スポーツマンなんて役たたずに過ぎませんがね。結局、ほかの人よりゴルフやテニスが人よりうまいからといってそれが何になるんです？（中略）イギリスは馬鹿馬鹿しいぐらいそんな類のものを大事にしすぎですよ。

十代の体験や意識は数十年を経ても誰にも色濃く残るもので、モームの場合は学校生活の負の側面がいろいろな作品に投影されていると見えるのだが、それだけにモーム自身にとってパブリック・スクールを中退するという一五歳の決断は大きな分水嶺であったと思う。というのも、パブリック・スクールとその次のステップであるオックスブリッジでは、学生生活において決定的差異があるからである。「オックスフォードやケムブリッヂの、自由な、飽くまで豊かな生活に比べて、パブリック・スクールのそれは、きわめて制限された、物質的に苛薄な生活である。」と池田潔は述べ、その著書表題『自由と規律』の〝自由〟と〝規律〟とはそのような対比を象徴するものであるように、モーム自身がもしオックスブリッジを選択していれば仮に作家になったとしてもその人間観は大きく変わっていたかもしれない。フィリップ＝モームも大学には魅力を感じており、スクールの校長に最終意思を告げた後も揺れる。以下は、作品の中で校長と最後の話し合いをした後の場面である。

校長はフィリップの優秀さを惜しみ説得する。

「オックスフォードに行けば楽しいよ。入学後に何を勉強するかは、今すぐ決めなくてもよいのだ。頭脳明晰な者にとって大学での生活がどれほど楽しいか、きみには分かっていないのじゃないかと思うよ」

フィリップは今一度逡巡する。

「中学校を優等で終え、それからオックスフォードに進学するのも悪くないかもしれない。出身校の試合のために戻ってきた先輩たちから聞いた大学生活や、勉強室で読みあげられる大学便りに述べられた話などが、一瞬頭に浮かんだ。」

もし、校長がもう一度だけ少年に機会を与えれば、少年は思い直したであろう。と。

しかし、フィリップはプライドと意地、そして羞恥心から結局折れることができず、中途退学は決定する。自分の信念を押し通して勝ったはず。それなのに心理状態は次のように記されている。

自分は自由の身だ。そう思ってみても、予期していた歓喜の気分にはなれない。ゆっくりと構内を歩いているうちに、深い失望感にとらわれた。馬鹿なことをしなければよかったのに、と今になって思った。ドイツに行きたい気持ちは消えてしまった。でも、校長の元に行って、学校に残らせてくださいというような屈辱的な行為はできない。絶対にできるものか。でも、退学してドイツに行く決心は正しかったかどうか自信がない。自分自身にも、周囲の状況にも、満足できない。自分の思い通りになったときには、いつも、後になって、そうならなければよかった、と考えるものだろうか。

そのような人生の岐路を十五歳の時点でモームは迎えたのだが、その結果としてひとつ決定的に重要だと私が思うのは、モームには多感な少年時代の友人がおそらく一人もできずじまいとなり、その後のたまたまの再会があったとしても過去を忘れていわゆる旧友となることもなかったのではないかということである。『人間の絆』では結局友達を得られずに終わることになるし、また、モームの伝記をたどっても、成功してからの多彩な交際はあっても、〝竹馬の友〟はもとより本当に心を許した無二の親友は現れてこないように見える。そうだとしたらある意味では孤独なことである。それぞれ自分自身のことを思い出してみれば、中学校、高校から数十年変わらぬ親友を一人二人は思い浮かべるのではないだろうか。

加えるにモームの場合、それ以降の青年期においては彼自身のその時代における異端的特殊性、すなわち、同性愛に目覚めたことを忘れるわけにはいかない。その意味するところは、性愛を伴わない同性の友人関係はその後生まれることがなかったのではないかと推測もできるということである。彼にとっての本当に親しい人間は四十代以降では愛人の秘書ハクストンであり、それ以前の二十代三十代は彼自身が秘して語らなかったまま、周囲の視界には入らずに消えていった愛人男性たちだったのではないか。畢竟、異性愛者にとって性愛感情を完全に除いた異性の友人というものが存在しないように、同性愛者にとって性愛感情を伴わない同性の友人はおそらく存在しないだろうというのは言い過ぎだろうか。かろうじて『人間の絆』ではハイデルベルグ時代、自称詩人ヘイワードという登場人物に知的魅力を覚え、見立てによれば年上の友人ができたともいえようが、結局、その人物にもうわべだけの浅さと無意味さを感じてしまい心が冷めてゆく。ヘイワードも何もなさぬままに最後はボーア戦争に従軍するものの、戦死にもならないチフスによる病死という結末を迎える。ヘイワードは実在の人物をモデルにしており、『サミング・アップ』の第二四章ではブラウンという名前で出てくる人物がそれにあたるというが、そこで述べられている人物評もかなり辛口である。それはそのままモームの真の友人不在そして人間観を反映しているようである。

最後に一つ付け加えてこの稿を終わりたい。パブリック・スクールが以上のようなものとして、それに順応した人間の将来の姿はどのようなものだろう。再三ながら『自由と規律』から引用すると「このように特殊な個性の発展が抑圧されるに反し、生来そのような個性を持ち合わせない大多数のもの、またはその抑圧に甘んじ個性を捨てて大勢に順応し得るものには、安穏な生活が許される。彼等は、教室にあっては常に中位の成績を占め、運動場でも選手にはならないが各種の競技は万端そつなくやりこなす。社会に出ても彼等は常に善良な市民であり、その職業部門における中堅的存在である。通俗小説を読み通俗映画を楽しみ、日曜の礼拝を励み近隣との円満な交際を怠らない。そしてその間に適量の酒と煙草を嗜み常に母校のネクタイをしめ、機会があれば母校のブレーザーを着ることを忘れない。居室の炉棚には数葉の色褪せた運動ティームの写真があり、おのおの最後列いずれかの端に神妙に畏まっているのが若き日の彼の姿である。」というものである。

モームの描く人物の中で、このイメージに私は短編「大佐の奥方」のペリグリン大佐を重ね合わせてしまった。その作品で描かれるペリグリンの姿といえば次のとおりである。イートンから士官学校に進み、いまは典型的な地方紳士、退役大佐。シェフィールド近郊の地方の大地主・名士であり名誉職の治安判事も兼ねる。五十を越しやや体重は増えたものの体形は格好よく、端正な顔立ち。狩猟・ゴルフ・テニスに熟達し、何でもこなせるスポーツマンでいまでも若い者には負けない技量。公共心に富み、地元の福祉に気を配る。近隣の紳士階級にも人気のある人物。そしてロンドンには三十五歳の愛人を持ち、上京のたびごとに快適な数時間を過ごす。「健康な男子たるもの、時には人生を楽しむのは悪くない」という言い分である。そして、イートンではシェイクスピアのヘンリー五世を半学期勉強した経験はあるが、そもそも文学や読書には全く興味なく、奥方イーヴィの書いた詩など最初は無関心で読んでも理解できない。ことがおきて、あわてて一晩かけて読み返してようやく他人の噂のもとであるイーヴィの情熱的な恋の詩の内容をつかむのである。

このような人物に対して、作中、彼に対するモームの視線はいかにも辛辣で皮肉的である。想像するに、モームもメンバーであったロンドンの倶楽部には、ベリグリンのようなパブリック・スクールのスピリッツを失わずに大人になった紳士が数多いて、モームはその群像をつぶさに観察していたのであろう。この作品は一九四六年のものでモームも七十歳のころであったが、その年齢にして、彼は熟年紳士たちの姿に数十年前のパブリック・スクールの少年たちの態度と面影を重ね合わせていたとみるのもまた一興ではなかろうか。

第六章
Of Human Bondage『人間の絆』再読のあとに

Of Human Bondage『人間の絆』はモームの代表作として現在まで読み継がれている。この作品は自伝的要素をもとに主人公フィリップの人間的成長の軌跡を描いたもので、いわゆるビルドゥングスロマンの系譜に属するといえるが、専らフィリップの立場を借りてモームその人の感情がつぶさに述べられており、その心情は読者に生き生きと伝わってくる。その理由はまさしくモーム自身が述べているように「読者を楽しませるために書いているのではなかった。耐え難い思い出から、みずからを解放するために書いていたのだ」という由来に帰するものだからであろう。したがってこの小説の最大の特徴はいっさいの韜晦がなく率直なものであるという点にあり、他の多くのモーム作品、すなわち〝読者を楽しませるために書いた〟ものとは明らかに違う響きを与えている。

最初にこの長編を手に取ったのは自分が十代の後半のころ、家にあった一九六〇年代刊行の世界文学全集の一巻としてであった。熱中して読んだようにも思うが今ではその時の読後感はあまり記憶になくてどちらかというと暗いシリアスな話だったようなぼんやりとした印象だけが残っている。

その後、社会人として四十代までは外国小説からは遠ざかっていたが、五十歳を迎えるころ、仕事づけの日々から気分を切り替えたくなって英国小説を原文で読もうと思い立った。そうしてぽつぽつと始めていったその中の一つが『Vintage Classics 叢書』の中のモーム短編集であったのだがこれが一編ごとに面白く、それゆえにだんだん別の原書を買い足してゆくうちにこの *Of Human Bondage* につながった。英文で読んだのはその時が初めてということになる。もちろん辞書とにらめっこしながらであるがその時はこの大長編を意外なほど早く読了した。それはもちろん内容に引き込まれたからであるが、一方モームの文体が自分でもよく読めるような気がする、思考のリズムも合えば、英語とはこういうものかという響きを感じたからでもある。

そしてそれからさらに十数年を経て、六十八歳になった今、もう一度原作に当たってみようと思った。そのわけは、いくつかモームについてモーム協会誌 *Cap Ferrat* に寄稿するうち『人間の絆』についても何かを書いてみたいという気になったからである。ただ、今度はより正確に読もうと、原則一日一章に限ることとし、意味の不明瞭なところはできるだけ自分の解釈を固めたうえで、最後に岩波文庫の行方昭夫先生訳を参照して読み進めることとした。この作品はペーパーバックで約七百ページ、一二二章あるから一章にすればだいたい七〜八ページで一日あたりとしてはほど良いし、四か月もすれば終わる算段である。おおむねそのように進んでいたところ、残り百ページ余りは病院に持参して読む次第となった。というのも思わぬことに定期検診で早期胃がんが見つかり、内視鏡切除のため一週間ほど入院することとなったからである。今は早期であれは簡単な手術で済むし、それが終われば後は経過観察でベッドにいるだけだから時間はたっぷりあった。そういう次第でミルドレッドとの最後のいきさつが述べられているあたりからサリーと結婚を決意する終章までは入院中に読み終わった次第なのだ。

このようなゆっくりした読み方をしたがゆえに、あらためて自分の語彙の貧弱さや解釈の甘さとも向き合うこととなった。細部の話になるが、例えば六八章でグリフィスという一見親切に見えてフィリップからミルドレッドを横取りする医学生との会話の一節での次のグリフィスの言葉

'I'm an awful fool at books' he said cheerfully, 'but I can't work.'

が私には理解できなかった。〝本については全然バカで、だけど勉強できないんだ〟ではbutがなぜ入っているのか不明で意味をなさない。そこで辞書を引くとfoolには俗語の意味として

「…が好きでたまらない人」とあり、〝好きだけど work できない〟ということでつながるのだが、この場合の fool は私には今まで知らない初めての意味であった。もっとも後で考えれば、日本語でもある物事に熱狂している人を〝××バカ〟と形容することがあるように、頭を働かせれば意味の転用も推測できたのかもしれないが。

ちなみに行方先生の訳は以下である。

　本は大好きなんだけどね、勉強となるとどうも集中できないんだ。(1)

同じ六八章で単語の意味に関してもうひとつ挙げると、お金に余裕を失ったフィリップがマカリスターという株式ブローカーと知り合って株に興味を抱く場面の一節

When he discovered that Macalister was a stock-broker he was eager for tips.

最初私は tips の意味をチップ＝祝儀とばかり思って、マカリスターが株屋と分かって少しばかり心づけを渡して仲良くなろうということかと解釈したのだが、tips を欲しがるのはフィリップのほうだからやはりおかしい。これも辞書に照らせば tip の意味の一つとしてとして

「投機などの内報」とある。つまり美味しい裏情報ということなのだ。まあ、この種の意味は学校英語には出て来ないだろうから自分が知らないのも仕方ないかとつぶやいたのだが、そのように読んでゆくとこの次元での理解不足は枚挙にいとまがない。まさに日暮れなんとしていまだ道遠しということであるが、こんなふうに読み進めるのもそれもまた楽しからずや、という日々でもあった。

また行方先生の翻訳の実際や考え方にもいろいろ勉強させられた。

前後関係から原文では文意を判断するのにやや戸惑うこともある。たとえばミルドレッドに溺れてその束縛から抜けきれないフィリップの心理としての七六章の次の一節。

Philip forced himself to look at her in a friendly way. He hated her, he despised her, he loved her with all his heart.

私にはフィリップの行為と心理のつながりがいま一つ飛躍しているように見えた。ところが先生の訳は次の通り原文にはない〝実際には〟と補って読者の理解を促す工夫をしておられる。

フィリップは無理をして、やさしい目を向けようと努めた。実際には、憎み、軽蔑し、また全身で愛してもいたのだ。

さてこのような読み方をした効能かもしれないが、進めているうちに前回とは違う思いが湧いてきた。それはフィリップの体験が何らかの意味で自分のそれと重なり合うように感じられてきたのである。

まず幼年時代については、この本の中でもすでに何度か触れたように、フィリップは孤児として育ち、それゆえ内向的にもなって、キングズ・スクール付属の小学校に入ってからもなじめず、加えてえび足という身体的欠陥をコンプレックスとして抱えつついじめを受けて友達もできない。学業は優秀であったが、パブリック・スクール時代を通じて屈折感を払拭できず、校長から大学に是非進むようにアドバイスされても結局中退の道を選んでハイデルベルグに向かうことになる。

実際これはモームの学校時代の記憶であり、前章にまとめた通り彼の著作を通じてパブリック・スクールについての肯定感は見当たらない。伝記を読んでも少年時代の友人は一切出てこないし生涯存在しなかったといってよいのだろう。児童から少年になりゆくころに懐旧の想いを抱ける人はそれなりに多いし、竹馬の友があればそれは幸せなことかもしれない。しかし、モームのようにそうでない場合はどうだろうか。というのも自分自身について振り返ると小学校時代を懐かしく思うかといえばそれは無く、卒業後は全く縁が切れてしまっているのだ。もちろん時代から国も家庭環境も全く異なるけれども、自分もそのころは内向的な引っ込み思案であり、通った下町の小学校は今でいう〝荒れた〟教室の向きがあった。いじめもあれば問題児も抱えていた。その中で自分は勉強だけはよくできたものの体育が苦手で、孤独感をいつも抱えながら毎朝重い気分で学校に通ったことを思い出す。だから十代初めのころのフィリップの姿を見ていると、自分の同年齢のころに重なる気分になる。

フィリップは結局オックスフォード大学への道を自ら捨てて、ハイデルベルグに留学しそこで初めて自由な気分を味わい、またキリスト教からの束縛からも抜け出して青少年期の目覚めを経験することになる。また、知識豊かなヘイウォードなどにも大きく影響を受け、友人ができるとともに芸術、哲学などの世界に魅了されてゆく。

この環境変化は自分の中学校時期のそれを思い出させた。私はひとりだけ地元の公立中学にゆかず、千葉大学の付属中学校を受験して合格し、電車通学することになったのだが、その空気は愕然とするほど小学校と異なっていた。生徒は比較的恵まれた家庭で育ったと思われるタイプが多く、ずいぶんあか抜けて見えたものである。自主的に読書会をやりましょうと提案する女子がいたりする。しかもその当時高校大学生に人気のあったヘルマン・ヘッセやロマン・ロランの小説を題材にするなどいま思えばずいぶん背伸びしていたものである。男女平等意識も強く、いま振り返ればそこには戦後民主主義のあるピークとしてのにおいが感じられもする。

一方、教師にもユニークな人物が多かった。担任になった理科の先生は、十三歳の中学一年生たちに本人が憧れた昔の旧制高校のドイツ教養主義の雰囲気を味合わせようと試みたのであろうか、一日一冊岩波文庫を読破するようにと仕向けたのである。そしてその古典志向に素直に影響された数人がいて私もその一人だった。もちろん毎日一冊とはいかないが、当時一つ星五十円の『坊っちゃん』や芥川の短編集から始まって、小遣いは全部本に使ったのでまだ旧字体の漢字が詰まった文庫本がどんどん部屋に増えていった。とりわけ赤帯の外国小説に魅かれ、なかでもデュマの『三銃士』や『モンテクリスト伯』には熱中した。世界にはこんなに面白い物語があるのか。それが自分にとっての本との幸福な出会いであったと思う。三年生のころには西田幾多郎やカントなどにも手を出した。むろん何も分かっているわけではない。それでも何か偉大な思想の一辺に直接触れたような陶酔感は、フィリップのハイデルベルグ体験に通じるような気がしている。

もっとも『人間の絆』においてはヘイウォードの知識の豊富さに感化されつつも、やがて彼は畢竟、自身の目で物事を見るのでなく文学作品の媒介によって語るだけにすぎないただの夢想家であることを悟り、フィリップは幻滅感を抱くようになるのだが、これに類する感情も自分の体験として思い出す。抜群に学業優秀な同級生がいた。その名をGとしておくが、彼は語学や数学も抜きんでておれば、哲学や思想の本も軽々と読みこなし、私はよく語り遊ぶと共に畏怖し尊敬したものである。そしてGは東大進学率の最も高い有名高校に進み、そこでもトップの成績だったと聞く。誰もがこのGは将来何かの分野でとびぬけた存在となり、世に知られるようなことを成し遂げるだろうと思っていた。

しかし大学以降進む道も違ったこともあって久しく合わなかった後、中年になりかかって再会したときはなぜか会話が期待したようには弾まなかった。Gは引き続き膨大な読書をしているようであったが、それに若いころのような共鳴はできなかった。それはフィリップが医学生になってからは文学や芸術にのめり込むことが無くなったように、自分のほうが社会に出て感覚が鈍くなってしまったからかもしれないとも思った。ただ、昔、信じたようにGが何かを紡ぎだすのではなく彼は一生読んでいる人なのだろうとも感じたのである。そのように人とのかかわりのうつろいはほろ苦さを伴うこともある。

もうひとつだけ連想したことを述べると、この小説ではフィリップが帰国して最初に会計事務所へ就職するあたりの章はあまり注目されていないところであるが、自分にとっては銀行員として社会に出たこともあって、最初の支店勤務と二重写しになって見えた。

当時のイギリス紳士階級としてはそれにふさわしい職業は限定されていて、叔父と話したうえで会計事務所ならまあよかろうという判断でフィリップはロンドンに出る。しかし、文学とか芸術とかいう世界に染まっていたフィリップにとって会計事務所の仕事は味気なくまた適性もないと思わざるを得ない。加えて上司同僚との人生観や経歴の違いから雰囲気も合わずこの職場にとどまる意味が全く見いだせない日々を送る。

自分もそうであった。最初の銀行支店勤務ではお金の計算をはじめ細かい仕事が膨大でしかもよくわからない雑務にも疲弊させられた。またとりわけ昭和時代の日本企業に根強くはびこっていた村社会意識の延長でもあろうが、とにかく自分を殺して協調性を第一にするような空気にもなじめず怏々とした日々を送ったものである。一時は早く辞めたいと思って何度か人に相談もした。ただ、そのころは転職市場などない。また貯金もないし自由業など夢のまた夢だ。結局、度胸のなさもあってそのままとどまったのであるが、もしフィリップが辞めてパリで画学生を志したように自分もドロップアウトしていたらどうなっていただろうかと考えもする。結局自分の場合は、その後、銀行の仕事の中に意味があると思うテーマも見つかって二十数年間を過ごすことになったのであるが、やはり人生にほかの選択はなかったのかと思わないでもない。

さて、自分の些事をいくつも挙げて申し訳ない次第であるが、あらためてなぜ私がそういう反応や連想を得たかといえば、たぶん理由は二つあって、ひとつは自分自身が年齢的にももう一度過去を振り返ってみたいという思いがあってそれと重なる時期だったということであろう。モームの場合は四十歳前後でこれを執筆したわけであり、六十代後半の自分との差異は大きいが、誰しもそのような回顧の時期はある。もう一つの理由はフィリップの感性は少年・青年時代に誰もが抱く普遍性を色濃く有しており、ゆえにその響きが読者に直接共鳴するからだと思う。言い換えれば、この長編小説の随所に読み手は誰しも自分自身の十代二十代の記憶を呼び覚ますことがあるのではないか。

その流れでフィリップの恋について触れると、『人間の絆』では、ミルドレッドとの泥沼のようないきさつをはじめとして、異性とのかかわりが作品中かなりな部分を占めている。

この小説に登場する女性のなかでフィリップと恋愛事情に及ぶ存在は四人いる。ミス・ウィルキンソン、ミルドレッド、ノラ、サリー。また、パリ時代に出会った画学生のミス・プライスはフィリップにとって意識する相手ではなかったが彼女が密かに彼を好きだったという点ではそのすれ違いが、不幸な末路に至るミス・プライスの哀れさをさらに強めているといえるだろう。それも含めて恋愛＝幸福という視点からは最後のサリーを除けば、一方通行の、相思たりえない人間関係の切なさが際立つ。

最初のミス・ウィルキンソンは叔父の家に数週間滞在していた間に、フィリップが初めての性体験を持つに至った相手である。しかし彼女は三十七歳とフィリップから見れば母親といってもおかしくないぐらい年齢が離れており、初恋の女性としては理想には程遠い。ただ未知の世界への限りない興味ゆえ、彼女と接近してゆくうちに相手の態度や言葉のあやに逡巡する様子は思春期のそれを良く映し出している。そして二人きりになる機会を得るのだが、行為の前に下着姿の彼女を見たフィリップは幻滅するももう手遅れだとドアを閉める場面でその章が終わる。結局、最初の情事は描いていた夢とは程遠いみじめさを残すものであった。また、自らの不遇な立場から息子のような年齢の相手に恋を求めそれにとらわれとなったのは彼女のほうなのだ。

次に、初めてフィリップが身を焦がす恋の対象となったのが例のミルドレッドである。彼女は美しいが、やさしさや育ちの良さとは無縁、身勝手で冷淡、知的関心もなく貪欲な性格。なによりもフィリップに興味関心がない。冷静に見ればあまりにも不釣り合いで、フィリップも理性では分かっていても、いつも彼女のことしか考えられずほかのことが手につかない。医学校の試験にも落ちてしまう。まさに恋のとりこになるとはそのような状態であって、誰しも勉強などうわの空だった、あるいは嫉妬と自虐にさいなまれた若き日の同じような自分に思い当たるのではないだろうか。その率直なリアルさも伴って、この女にフィリップが尽くしたうえ、再三翻弄されるところは『人間の絆』のクライマックスにふさわしい。

これに並行して登場するノラは聡明で明るく母性的な女性で、本来似つかわしい相手ともいえるがフィリップは肉体的に魅力を感じない。ミルドレッドとの恋に一度敗れたあと親しい関係にはなるが、相手に捨てられたミルドレッドがフィリップを頼って再び現れると、フィリップはノラとの約束を反故にして冷たく強引に別れてしまう。恋は無分別とはいえなんとも身勝手で、ノラのような女性を踏みにじることに読者はハラハラさせられるところである。ところがさらに、フィリップのもとに戻り、生活の工面からすべての面倒を見てもらっていたミルドレッドが今度は別の男と失踪し、打ちのめされたフィリップが再びノラのもとを訪ねる右往左往の姿に至っては、読んでいながらその不甲斐なさ理不尽さに苛立つとともに、主人公に感情移入して一喜一憂するだろうが、その一方で読者は忘却あるいは封印した自己の記憶を呼び覚まされないか。

このような異性との関係については、次のフィリップの言葉に尽くされていると思う。

The important thing was to love rather than to be loved.（七〇章）

重要なことは愛されることではなく、こちらから愛することだ

There's always one who loves and one who lets himself be loved.（七一章）

恋とは常にそういうものじゃないかな。一方に愛する者と一方に愛させる者がいるんじゃないかな

もしかしたらこの一方通行の感情は、青年期もさることながらその後も一生モームに付きまとったトラウマなのではなかろうか。折しも『人間の絆』執筆中のあいだに、彼の愛した唯一の女性といわれる女優スー・ジョーンズには求婚するも断られて、その反動でシリーと親密な関係になるが、全く性格的にも会わないためその後は後悔するばかりであり、結局、異性との関係で相互に満たされることは経験できず、真の幸福感を得ることは無かったように見える。また、この長編小説を脱稿したのはモームが三九歳の一九一四年のことであるが、それは第一次世界大戦に従事した折にハクストンと出会う前でもあり、真のパートナーを欠いていた時期とも推察できる。愛する者から愛されない不幸、その切なさや苦しみをモームは常に抱えていたのだろう。畢竟、この小説の最後に登場するサリーのような女性は、実際のモームにとっては空想の産物そのものではなかったか。この小説の唯一の弱点としてフィリップとサリーの結婚という結末がいかにも唐突であるという指摘を聞いたことがあるが、それはそれまでのモー

ムの人生において結局かなわぬ夢想であったことどもの裏返しであり、だからこそリアリティを欠いてもいるにしても、ついに身近に手に入れることができなかった純粋な異性愛への願望も含まれたエンディングだからとはいえないだろうか。また、サリーについては若く健康美だけが取り柄であり、教養面も含めて知的なフィリップと釣り合わないのではという見方ゆえ結末に不満を抱く識者も少なくなかったというが、私にはサリーが船医となって世界を見て回りたいというフィリップの夢に対して自分が邪魔になるのではないかという気遣いもすれば、小説の最後の末尾部分において、求婚のさなかにも嬉しさをあからさまにするようなことなく何とも奥ゆかしい振舞いをするところなどを見るにつけ、サリーは真の意味で賢い女性だと感じた次第である。

加えていえば、恋愛のかたちというものは人によってさまざまかもしれないが、愛されることの大切さがわかるのは経験を経ていわば成熟してからのことで、それ以前の恋愛感情の原点は先のフィリップの言葉のようにあくまで自己中心的で非理性的なものと思う。そしてそれは誰もが彷徨する青春に抱いた感情でもあるはずだ。百年前の作品であるがそうした意味で『人間の絆』は現代性をいささかも失わない。

孤児と障害者としての生い立ち、学校生活、ドイツ、パリ滞在、聖ロカ病院、そしてその間に出会った多くの男女、そうしたさまざまな体験を通じてこの長編では人生とは何だろうかと、きわめて真摯にその意味を求めてゆく。そしてついにこの小説の有名な一節であるペルシャ絨毯に込められた真意に行きつく。

「答えは明瞭だ。人生に意味はない——それが答えだったのだ」と。続いて彼は思う。

「人は生まれ苦しみ、そして死ぬ。人生には意味などなく、人は生きることで何らかの目的を達成することはない。生まれようと生まれまいと大した意味はないし、生きようが死を迎えようが意味はない。」

人生に意味はなく、生は無意味であり死もまたしかり。この発見はその部分だけとらえると一見消極的諦観のようで、脱俗に帰着する老荘的無為にも通じるようにも見える。しかしフィリップ＝モームの考えはそれとは異なる。続く部分であるが、

「絨毯の織匠が精巧な模様を織りあげてゆく際に意図するのは、単に自らの審美眼を満足させるだけであるのと同じように、人もまたみずからの人生を生きればよいのだ。（中略）つまり、一生の多種多様な出来事や、行為や感情の起伏や、さまざまな想念などを材料として、自身の模様を織り出したらよいのだ。（中略）人生模様には、人が生まれ、成人し、結婚し、子供を作り、パンのために苦労し、死ぬという、最も明快で完璧な美しい意匠がある。」

「フィリップは幸福になりたいという願望を棄て去ることで、最後まで持ち続けた幻想から

ようやく脱却できたと感じた。幸福という尺度で計ると、これまでの人生は悲惨であったが、他の尺度で計って構わぬと気付くと、勇気が湧き起こるように感じた。幸福は苦悩と同じく、たいして問題ではない。幸福も苦悩も、生涯の他の事柄と同じく、彼の人生模様を彩るのに役立つのみだ。(2)」

ここに述べられているように、幸福や不幸に縛られない人生を織ることで、フィリップはそこに〝生きる〟ことの価値を見出すのである。それは無常観とは一線を画する気付きであって、あえて比較的に言えば静的な東洋観念にくらべより動的な態度と思う。

ここ一～二年の私自身であるが、六十代半ばまでは人生に上昇感を抱いていたのだが、その時期は過ぎ去って、そしてゆっくり下り坂に入っているという感覚がつきまとうようになってきた。ひとそれぞれ違えども、どこかの年齢では誰しもそうなるのだろうとは思いつつも。だからといって鬱々としているわけではないが、これからの日々はそのような現実をより受容してゆくのだろう。一方、『人間の絆』をあらためて読んでいるうちに、そうした前提でも、自分なりにこれからも能動的に自分のペルシャ絨毯を織り続ければよいのではないかという気分も湧いてきた。この稿をここまでぽつぽつ書き進めてこられたのもそれが理由の一つでもある。このビルドゥングスロマン再読は私にとってそのようなものであった。小説において自分には想像もつかない他人の人生を知るのも読書の醍醐味であろうが、描かれた他人の人生の中に自分を再発見するのもまた面白い。

『人間の絆』はそのような現身を照らし出す万華鏡のようだ。

あとがきと「こぼれ話」

冒頭序文で身に余る推薦のお言葉をいただいたが、この本は四年ほど前にモーム協会に入ったことと、その会長でもあり、世に知られたモーム研究・翻訳の第一人者である行方昭夫先生に出会ったことなくしてはありえない。

個人的な事情に先に触れると、自分は教育や英文学とは無縁で、卒業後三十年近くは銀行で過ごし日々の業務に忙殺されてきた。そのあと最近十年あまりは貿易商社に在籍していたが、六十五歳が近づき社長を退任する予定が見えてきたころ、この先、余ってくる時間をどう使おうかと、ノートにいくつかのプランを並べだした。たどり着いた結論は、仕事を別にして、運動系ひとつ、文化系ふたつ、自分としてのレギュラーな時間を持とうということであった。運動系とは、平たく言えば毎週一回ゴルフに行って一万五千歩歩くということである。そして文化系のひとつとは、五十代のころから英国小説を原書でぽつぽつ読み、そのうちモームについては赤背表紙のVintage Classics十数冊が一応書棚を占めるぐらいまではきたので、一人で読むだけではなく先達の話も聞いてみようと協会の門をたたいたという次第であった。

もともと自分は高校生のころ東大志望するにしても文一でも文二でもなく文科三類に入りた

くてそれ一本で過ごしてきた。夏目漱石の影響もあった。思い出せば、漱石の漢詩「眼には識る東西の字、心には抱く古今の憂」の響きがいかにも心地良かったのだ。それが実現した教養学部時代は仏文の渡辺守章、阿部良雄の講義がいかにも輝きを放ち、まだ歴史では木村尚三郎のフランス中世史が教室を埋め尽くすぐらい人気を博していたことを思い出す。自分もそれらにだいぶ感化されたものの、結局社会人となり、文学部的世界とは無縁で四十年を過ごしてきたのだが、六十代にしてひとつの回帰を試みたともいえる。

協会は設立してからもう十年以上を経過しているという。知人もいるわけでもなく恐る恐る例会の場である東洋大学の教室に行ってみたのだが、行方先生の開会挨拶はお人柄をそのまま映して堅苦しさはみじんもなく、ユーモアにあふれ、その流れで例会発表やディスカッションも大変活気に満ちたものであった。これもひとえに会長である行方先生の雰囲気が会員に浸透しているためであることがよく分かった。その後のパーティで初めてお話しすることもでき、以降親しくお声をかけていただくようにもなった。もともと行方先生のご著作・翻訳は十冊以上自宅本棚に並んでいる。そして辞書を首っ引きにしながら原書をひとりで読んでいる折は、先生の英文の読み方の指導を受けているような気にもなってこの十年余を過ごしてきたのだが、だからこそご本人と身近に接することができたことは大変大きな喜びと励みになったのだ。

それから二年ほど経過した頃、二〇一九年秋の例会でなにかテーマを決めて発表するよう行方先生から直接ご指示を受けたのである。といっても、なにしろ協会メンバーには英文学専門の大学の先生も数多おられるし、そうでなくとも長年モームに親しんだ一家言ある方ばかり。ブランクも長いし蓄積も浅い外野の新参が生半可なことを言えばたちまち立ち往生するのは目に見えているので、大いにためらいもあったが、折角の機会なので、短編一つを素材にして、どうモームを愉しんでいるか自分の言葉で話してみようと決心した。そこで今まであまり取り上げられてはいないが、自分として面白く思っている"The Human Element"「人間的要素」をテーマとすることに決め、原書を何回か読み返しているうちに新しい発見や疑問がいろいろ湧いてきて、読書百遍云々とはこういうものかと肌で感じた次第であった。これもそのような機会を与えてくださった先生のおかげに他ならない。

その発表をきっかけに、さまざまな興のおもむくまま、年に何本かモームについてエッセイめいたものを書き続けてきた。その中から選んで協会誌 *Cap Ferrat* に投稿もすれば、そうでなくとも一応形になったと思うとそのつど先生にお届けしてきたのだが、ご多忙にもかかわらず、即座にお読みいただいてはご丁寧なメールを頂戴し、ご指摘や励ましを受けている。メールは現代の往復書簡のつもりで大切に残してあるが、思えばある意味図々しい限りであり、逆の立場であれば自分ではとてもできないことを何年も続けていただいたのである。この本はそのような濃いキャッチボールを経たからこそのもので、あらためて本当の師とは先生のような方であろうと心より感じている。還暦を過ぎてからこのような自称師弟関係を得られたことは自分にとって何よりの財産に他ならないと思う。

あとがきとしては以上に尽きるとまずは申し上げたい。これから先は全くの蛇足ゆえ、読んでもらう必要もないのだが、モームにかかわっていると派生的に過去の体験や思いが不意によみがえったりすることがある。以下は本文を書くさなかにふと思い出してメモにしながら脇にどけておいた自分のエピソードに他ならないけれども、それももしかしたらモームが呼び覚ましてくれたものかもしれない。それこそ〝こぼれ話〟としてよければご笑覧ください。

【その一】

第二章で最初に取り上げた短編小説〝The Human Element〟「人間的要素」の注釈2で触れている、モームがオックスフォード英語訛りを皮肉る一節をご覧いただいただろうか。日本人には縁遠く、どんなものかと言われても実感できないだろうが、ほんの一瞬、自分が身近にその訛りなるものについてかかわったことがある。

それは二十五年以上も前のこと。当時勤務していた三和銀行のアムステルダム出張所にトラビス君というまだ三十歳前のイギリス人がいた。私はベルギー・ブリュッセル支店に在籍していたが、ベネルクス三国を守備範囲としてオランダ案件も統括する立場にあったので、一応私の部下としてオランダ地元企業向けの融資について、稟議や分析レポートなどを私に送ってきていた。結構レポートは何枚にもなることが多いのだが、トラビス君の文章というのは私にも響く品格を備えていて美しいと感じたものである。やはりイギリス人の書く英語は違うなあと思っていたところ、彼の出身がオックスフォード大学でそれも天文学を勉強していたということを知る。なぜそのような理系の優れた若者がイギリスを離れてしかも日本の銀行にいるかは省くが、会って話していても知的でウィットも感じさせる好青年であった。

ところで、時々面談しているとトラビス君の英語はよくどもるようなところが見受けられた。たとえばButというのをB.B..Butと発音している。ややゆっくりめでもある。まあそのほうが早口の英語にはついていけない私にとっては聞きやすい感じもして実は安心感もあったのだが、本人のくせかと思っていたところ、これについてある人が、あれはオックスフォードイングリッシュだと私に言った。わざとどもるような言い回しが一つの特徴で、そのどもり方でオックスフォード出身だと分かる、いわばある種のスノッブ的表現であるという。イギリス階級社会での出自が発音で分かるというのは有名だがこれもそのひとつなのか。

その真偽のほどを深く確かめたわけではないが、そんなことが頭の片隅に残っている一方、私は日々の英語を通しての会話・やりとりにいつも苦労していたから、あるときそのトラビス君と仕事上の話がいったん終わったとき、リラックスした気分になったので、私はからかい半分に「僕も英語をいつもつっかえつっかえしゃべっているから、僕の英語もオックスフォードイングリッシュだろう」と言ってやった。実際には

Every time I am stammering. So, my English is also Oxford English, isn't it?

などと言った気がする。

するとトラビス君はにこにこして "Yes, sir. Of course!"「もちろんですよ、課長！」と間髪を入れず返してきたのである。当然ながら、ごまをすったのではなく、こちらの精一杯の拙いジョークを苦笑しつつも壊さないよう配慮してくれたのだとは知りつつも、そう言われて悪い気分ではなかったというのが自分の調子に乗りやすいところでもあろう。いずれにせよ、本人の真意は別として、オックスブリッジ英語なるテーマについて少なくともその大学出身者と会話が成立したというささやかな思い出である。ただ、言いたいことはこの体験がなければ私はこの短編でのモームの皮肉について注目することは無かったであろうということだ。

【その二】

短編“The Book-bag”「書物袋」の冒頭は本文に書いたようにモームが山のような本を旅行に持ち歩いていたという話であり、そして読書をしていなければ落ち着かないという無類の本好きのエピソードになっている。これについて不意に連想したことがある。最初は本文に入れていたが、見直して削ったそれこそこぼれ話。

半世紀も前になるが、自分が大学受験に失敗、一浪しお茶の水の駿台予備校に通っていたころ、英語に鈴木長十という、今の言葉で言えばカリスマ講師がいて、いつもぎっしりと浪人生を詰め込んだ大教室を満員にしていた。この先生については六十代以上で駿台に通ったことのある人であれば大概記憶にあるのではなかろうか。そのころたぶんもう還暦を過ぎていて背は低いハゲ頭、胸をそらしたポーズで独特の抑揚をつけながら英文解釈の講義をするのであるが、解釈の踏み込みや和訳表現には受験英語のプロとしてさすがと思わせる年季が入っていた。テキストには百近い例文があり、その中にはモームもいくつかは採られていたであろうが、そのころは出典や背景など知る由もない。

思い出すのは、読書の効用について論じたエッセイを解釈しているときのこと、文章中の単語に“reader”とあって、いつもは滔々と弁じる教壇の長十先生が珍しく「さて、これをどう訳すかね?」と予備校生に問いかけたことがあった。その投げ掛けを受けても二百人ぐらい詰まった大教室は静まり返っている。文意は前後から本をよく読んでいて読み方もわかっている人というようなことであったが、そのころの普通の学生であれば何のためらいもなく「読者」と訳すところであろう。壇上、講師の顔色を見るにそれでは当然不満に違いない。そこで自分は手を挙げて「読書家」と訳すのがいいと思いますと発言したのである。

これに対して、長十先生はフフンという反応で、少しはわかっているようだがまだまだとばかりに、「まあまあだな」と言って、暫時、間をおいたあと「私だったら〝読書人〟と訳すウ」と語尾を上げた抑揚で、得意そうにそっくり返りながら教壇を左右に往復したものである。聴講生はまた〝長十マジック〟が出たとばかりに、神妙かつ感嘆しながら聞いていた。なるほど“reader”とはそのようにも訳せるのか、と。

長十先生の訳は英語と日本語間の語彙としての的確な意味の変換にとどまらず、それ以上に、日本語表現における内在価値の示し方の例でもある。たしかに「読書家」と「読書人」ではニュアンスは違う。前者は本好きでもあり、常に本を読んでいるし努力の人という印象も加わるであろう。付け加えれば本からなにかを吸収としている勉学の人という意味もうかがえる。これに対し、後者はそれを超えて読書の世界に遊ぶ人というか、書物をたなごころの上に載せている達人という雰囲気も伴う、そしてどこか世俗を離れて仙界に遊弋する老荘的東洋的雰囲気も込められているようにも思う。そのように意味には差異が確かにあり、長十名訳にいまでも敬意は表するものの、一方読書というものが基本的に大きな価値を持つと信じられていた時代の表現だとも感じる。二〇二三年の今、もしかしたら「読書人」という言葉はほとんど死語になりつつあるのかもしれないし、「読書家」という響きが与える印象もおのずと変わってきている気もしているがどうだろうか。

そこでモームに対して架空の質問を試みてみよう。

こんなに書物を持ち歩きながら旅行をなさるあなたは大変な読書家というか読書人ですね。と聞いてみると、このような答えが返ってくる気がする。

そうかな。読書人とか読書家という言葉の日本的ニュアンスはよくわからないが、たぶんだいぶ違うのではないかな。確かに相当本は読むが、むしろ読まないではいられないというのが本当のところだ。だから読書家や読書人という敬意をこめたのもぴったり当てはまらないね。むしろ自分は読書中毒者、もっと言えば活字中毒者ということではないかな、と。

【その三】

第五章でパブリック・スクールのスポーツ重視とモームのパブリック・スクール観について述べたが、その先にあるオックスブリッジについてはどうなるのだろう。

私は東大陸上運動部の出身で卒業四〇余年になるが、二〇一七年に東大と、ケンブリッジ・オックスフォードの陸上連合倶楽部である〝アキレスクラブ〟との交流競技会が催されて、OBの一人としてケンブリッジ大学を訪れる機会があった。東大の現役学生二十数人が、カレッジからは少し距離のある緑豊かな環境に包まれたトラック・フィールドでオックスブリッジの学生やOB・OGとの対抗競技を見るのは新鮮でもあり、かなり東大側も健闘した一日ではあった。

しかし、その折、興味本位にアキレスクラブのホームページを覗いてみるとその歴史もさることながらオリンピック出場歴・メダル歴は大変なものであることが分かった。

それによると一九一二年以降陸上競技におけるオリンピックメダリストはケンブリッジ二六人、オックスフォードも二六人と同数を数える。その中で金メダルはケンブリッジ一三人、オックスフォード八人を輩出しているのだ。もちろん多くは大規模化・プロ化・商業化の進んだ二十一世紀五輪以前のものではあるが、二〇〇〇年代においても金メダルでケンブリッジ二名オックスフォード一名と気を吐いているのは驚きである。

また、メダルには手が届かなかったとしても、オリンピック出場経験者のリストは相当なものだ。一番最近の名前では、二〇〇八年北京オリンピック女子マラソン六位入賞のマーラ・ヤマウチもその一人と知った。彼女はオックスフォード出身の外交官である一方、日本人と結婚して現姓となったのであるが、たびたび日本国内の女子マラソンに参加し、優勝も果たしているので記憶にある人も多いだろう。

このように陸上競技だけ見ても、やはりオックスブリッジのスポーツの伝統には英国エリート階級の歴史と価値観が反映されているようである。東大陸上運動部も箱根駅伝に出たり、インターカレッジで活躍するなど誇れる部分はいろいろあり、オリンピックについても過去には三人の出場歴があるものの、それは明治大正期のことで、その時も残念ながらメダルには及ばなかったことを踏まえれば、身近な実際例として歴史とコンセプトには大きな差異があることを感じたものである。

ところで第二章の中の "The Happy Couple"「幸福な二人」および "The Ant and The Grasshopper"「蟻とキリギリス」において、ここに出てくる判事や法律家はモームの兄フレデリックをモデルとしているのではないかと述べたのであるが、フレデリックは学生時代では運動にも長けており、ラグビーやクリケットでも選手として活躍。ケンブリッジ大学ではボート部のレギュラーとして対抗戦の優勝メンバーとなるなど花形スポーツにおいてもまさしく保守本流の存在であったようである。すなわち、英国エスタブリッシュメント価値観の体現者そのもののように感じられる。

本文ではこの小説はモーム兄弟の心理的確執が背景になっていそうだし、その理由として二人が別々に育ったことや、性格、また職業観の違いなどが影響していると書いたが、加えればケンブリッジでエリートとしてのスポーツを満喫したであろうフレデリックと、大学に行かず運動も苦手であった弟ウィリー・モームとの、スポーツも包含したエリート的価値観に端を発する意識の差異も実は結構大きい心理的障壁になっていたのではなかろうか。ケンブリッジを訪れて競技場のベンチに座りながら、目の前での現役学生たちの躍動を眺めつつそんなことをふと思った。

話は飛躍するが、さらに視点を広げてみたとき、世界的人気スポーツであるテニス、サッカー、ゴルフ、ラグビーなどがイギリス発祥あるいは規範化・ルール化されたことに鑑みれば、英国は言語のみならず、スポーツという分野においても近代におけるライフスタイルの基準を形作ったということになろう。個人的になぜ自分が英国の二十世紀に魅力を感じるかということに想いをいたすとき、それは狭義の文学や思想のみならずこうしたスポーツを含めた総合的文化力のためだと気付かされる。表現を変えればそれが〝ソフトパワー〟ということになろう。その過程に大学それから大学予備機関であるパブリック・スクールの教育も大きく寄与してきたのだろうと思った次第である。

モームの世界とは離れて、さわやかな夏空のケンブリッジの競技場で受けた雑感として付け加えたい。

最後になるが、今回の書籍化に際して音羽書房鶴見書店の山口隆史代表取締役には大変お世話になりありがたくお礼申し上げたい。これも行方先生のご紹介によるものであるが、英文学専門出版社の刊行物の末席に本書も加えていただいたのは数年前には想像もできなかったことである。

また、カバーの絵は懇意にしていただいている画家、増地保男先生の『公園』それと『白い家』である。増地先生は京都と奈良の県境にお住まいであるが、あるきっかけからその画風に強く魅かれ、ご自宅にお邪魔して手元にある作品の中から譲っていただいた。それぞれ奈良公園風景そしてスペインの民家を描いたものだが、自分には晩年モームが訪れた奈良と、生涯あこがれたスペインの心象に何か通じるものがあるように感じて、この絵を使わせていただこうと自然に思った次第である。先生はそろそろ八十代になられると思うが、なお洒脱な人物像を中心に描き続け、ピカソのようになりたいという夢を私にも語られる。お会いするたびにそのようなエトスを私も掻き立てられるのである。

二〇二三年二月

注

第一章

（1）例えば夏目漱石の『吾輩は猫である』や『坊っちゃん』も一人称小説である。これはこれで猫の〝吾輩〟や坊っちゃんの〝おれ〟が語り部となるユニークさにあふれており、日本語における第一人称の豊かさにも気付かされるだろう。

第二章

一

（1）*Collected Short Stories.* Vol. 2. p. 424. Vintage Classics. 以下同様。

（2）この作品でも "He spoke in a pleasant voice with the tones cultivated at Oxford and copied by many who have never been there." (p. 393). 彼は心地よく響くオックスフォード出の人間に特有の、そして在籍していなかった人にも良く真似されるあの口調で話した、とオックスフォード訛りのスノッブ性を皮肉っている。

（3）『サミング・アップ』行方昭夫訳、岩波文庫、一二〇頁。

（4）『人間的要素』新潮文庫（一九六一年）の解説ではこの部分について「この作家得意の哲学」と評しているが、六〇年も前で、モームの隠された実像が知られてない時点では抽象的教訓と受けとめられてもやむを得ないところではあろう。

二

（1）モームの演劇『フレデリック夫人』でもモンゴメリー大佐としてユダヤ出身の金貸しだが、英国名を取得した人物が登場する。
（2）*Collected Short Stories*. Vol. 2. Vintage Classics. 以下同様。
（3）『人間の絆』（上）行方昭夫訳、一五九、一六四頁、岩波文庫。

三

（1）レディ・アスターについては『おだまり、ローズ』という手記にその人物が生き生きと描写されている。（ロジーナ・ハリソン著、新井潤美監修、新井雅代訳、白水社、二〇一四年）また、その居宅はロンドン近郊のイギリスを代表するマナーハウス〝クリブデン〟であった。この館はチャーチルを始め著名人が集い二十世紀前半のイギリス社交界の象徴的存在だったようである。映画のロケにも使われており、自分が見た限りでもおしゃれな映画『黄色いロールスロイス』で、レックス・ハリスン扮する公爵の居宅の設定となっている。
　個人的な話になるが自分（海宝）も二〇一七年にこの館に一泊し、広壮な庭園を下ったテムズ川の舟遊びもしながら往時の社交界の華麗さを想像したことがある。
（2）『誰の死体？』浅羽莢子訳、創元推理文庫、一九九三年。
（3）『モームの謎』行方昭夫著、岩波現代文庫、二〇一三年、一二二頁。
（4）使用人のファーストネームを知らないという場面は別の短編“The Treasure”「掘り出し物」にも出てくる。召使を姓で呼ぶのは当時の慣習であるにしても、それ以上の関心がない人間の狭量さを示すものとしてモームは使っているようだ。

四

（1）『マウントドレイゴ卿／パーティの前に』木村政則訳、光文社、二〇一一年。
（2）上記解説、二九七頁。

（3）*Collected Short Stories*. Vol. 1. p. 285. Vintage Classics.
（4）『人間の絆』（上）行方昭夫訳、岩波文庫、一〇三頁。
（5）*Collected Short Stories*, Vol. 1. p. 119. Vintage Classics.
（6）*The Secret Lives of Somerset Maugham*. p. 344. John Murray, 2009.

五

（1）『米欧回覧実記』（五）久米邦武編、岩波文庫、三〇七―〇八頁。
（2）『英国を視る』松浦嘉一著、講談社学術文庫、七八―七九頁。
（3）同上、七八頁。数年前に経済学書として世界的に評判を呼んだトマ・ピケティの『二十一世紀の資本』は格差の問題を実証的に分析したものであるが、これをむしろ歴史書の感覚で読んでみたとき、この二世紀において格差が縮まった事象がある場合、それは唯一「戦争」によるものだと理解できる。しかし、国ごとに過程には違いもあり、日本の場合は太平洋戦争敗戦後の農地解放や財閥解体、華族制度廃止などがそうした要因で、あくまでそれはアメリカの戦後占領政策による他律的なものであった。これに対して、イギリスの場合は、戦争に従事した大量の兵士たちへの補償とか労働党の台頭などいろいろ事情はあり、また大戦中パブリック・スクール出身の若者が戦線の先頭に立ち極めて高い戦死率を出したごとくノブレス・オブリージュの意識もあっただろうが、いずれにせよ戦中戦後の自国政策の中で上層富裕階級がその莫大な負担を背負ったのである。

六

（1）sir を翻訳することは正確にはできないかもしれないが、ちょうど法律事務所という設定ゆえ、日本語に置き換えればこの場合は〝先生〟として、省略せず文中に入れるのはいかがだろう。その繰り返しがかえって挑戦的雰囲気につながるのでは。ただ、全文翻訳するときに、すべて〝先生〟を加えるのがよいのかどうか、煩わしすぎるのではと悩ましい。なるほど翻訳表現は難しいところか。
（2）身内の女性が植民地で殺人を行うというテーマは別の作品 "Before The Party"「パーティの前に」でも取り上げられており、法曹人の立場でどうするかという問いかけも投げられている。血族内か否か、今いる舞台が現地か本国かの違いをどう読むかも含めてモームファンとしては議論の対象とするには面白いだろう。
（3）わざわざモームはオンの発音が friend でなく fliend であると注釈をいれている。もちろんこれは、オンが完全にイングリッシュに同化していない象徴でもある。

七

（1）戯曲『手紙』宮川誠訳、訳者あとがき、一二二頁。引用部分以下同様。
（2）筆者（海宝）が今まで観た映画でのグラディス・クーパーはヒッチコック作品『レベッカ』（一九四〇年・ヒロインの義姉役）と『マイフェアレディ』（一九六四年・ヒギンズ教授母親役）である。登場場面は少ないが、往年の舞台名女優を感じさせる印象的なものがあった。

八

（1）*The Secret Lives of Somerset Maugham.* p. 400. footnote. John Murray, 2009. 内容がショッキングであるために *Cosmopolitan* への掲載を断られたとある。

第三章

（1）イギリスのどの町、どの法人を訪れても、一番目立つところにあるのは The Great War の戦没者記念碑である。わたしたちが第一次世界大戦とよんでいるものを、イギリス人は定冠詞つきで「大戦争」という。それだけ犠牲者も多く、国民的トラウマとなった。（中略）イギリスの死者の数は（比率についても）、第二次世界大戦におけるそれの二倍をはるかにこえる。日本人が両大戦についてもつ感覚とは大きく異なる。
（2）一九一八年十一月まさにこの劇に設定された終戦の月に二十一歳以上の男子、三十歳以上の一部条件付きの女子が選挙権を付与されることとなった。『イギリス史一〇講』近藤和彦、岩波新書、二六〇頁。
（3）労働者の賃金が大戦前の二倍にも、時には三倍にもなったためである。労働者の賃金は以前一週二十シリングほどが、今日は二ポンド十シリングくらいにも上がったところもある。『英国を視る』松浦嘉一、講談社学術文庫、八〇頁。
（4）ヘィスティングス女史の伝記によれば、『ニューヨークではイギリスと違い戦争やその余波を感じることがないためにあまり面白がられず、たった二週間で打ち切りになった』という。"The Secret Lives of Somerset Maugham" p. 252. footnote. ただ、これについては異論もあるようで成功部類である公演数一〇二回という指摘も別になされている。
（5）*Home and Beauty.* Faber & Ludens, 2016/12. 下北沢・東演パラータ。
『ダーリン×ダーリン×ダーリン』劇団 40 CARAT 2017/9. 阿佐ヶ谷アルシェ。
（6）「サマセット・モームの日本における受容について（二）」*Cap Ferrat* 12号。

第四章

（1）『遥かなるケンブリッジ』新潮文庫、二四七頁。
（2）*A Writer's Notebook.* Vintage Books. pp. 170–71.
（3）『英文学夜ばなし』新潮選書、二一五—二〇頁。
（4）『かみそりの刃』ちくま文庫、一〇—一一頁。

第五章

（1）『英国を視る』松浦嘉一、講談社学術文庫、二三四頁。
（2）『人間の絆』（上）行方昭夫訳、岩波文庫、一一九—一二一頁。
（3）『自由と規律』。池田潔、岩波新書、四九頁。
（4）『アーロン収容所』会田雄次、中公新書、一〇六—一〇七頁。
（5）『英国に就て』吉田健一、ちくま文庫、一五頁。

第六章

（1）以下、翻訳部分は行方先生訳　岩波文庫『人間の絆』（上・中・下）を使わせていただいている。
（2）以上のような気付きと省察を得たうえでこの一〇六章での末尾は原文ではPhilip was happy.となっている。だが、これについて先生の訳はそう確信できてフィリップは幸せであった。と原文にない点線部分を付け加えられているのである。読者の理解の上でおのずとこの追加がもたらす意味はこの章を吟味すればかみしめることができるし、適切な訳文とは何かを考えさせられた次第であった。

著者略歴

海宝　明（かいほ　あきら）

昭和52年（1977年）東京大学文学部西洋史学科卒。
三和銀行ヨーロッパ駐在、支店長、貿易商社社長を経て現在監査役を続けながら、日本モーム協会会員として執筆活動を行う。

主な著書
『白夢国覚書～ある銀行マンの見たヨーロッパ』中央公論事業出版、2010年。
『リテールバンキング今昔物語』金融財政事情研究会、2012年。

サマセット・モームを愉《たの》しむ

2023年4月15日　初版発行

著　者　　海宝　明
発行者　　山口隆史
印　刷　　シナノ印刷株式会社

発行所　　株式会社 音羽書房鶴見書店
〒113-0033 東京都文京区本郷3-26-13
TEL 03-3814-0491
FAX 03-3814-9250
URL: http://www.otowatsurumi.com
e-mail: info@otowatsurumi.com

ISBN978-4-7553-0441-5 C1097
組版　ほんのしろ／装幀　吉成美佐（オセロ）
製本　シナノ印刷株式会社